아침식사로 공기 한 모금

아침식사로 공기 한 모금

지은이 | 야나 프라이

옮긴이 | 전은경

펴낸이 | 김언호

펴낸곳 | (주)도서출판 한길사

등록 | 1976년 12월 24일 제74호

주소 | 413-756 경기도 파주시 교하읍 문발리 파주북시티 520-11

    http://blog.naver.com/islandbooks www.hangilsa.co.kr

    E-mail: island@hangilsa.co.kr

전화 | 031-955-2012 팩스 | 031-955-2089

Luft zum Frühstück
by Jana Frey

1판 1쇄 펴낸날 2010년 7월 15일

ISBN 978-89-356-6513-6 03850

값 10,000원

CHANGPO design group 031-955-2080

• 일러두기
본문 속 각주는 모두 옮긴이 각주입니다.

• 잘못 만들어진 책은 구입하신 서점에서 바꿔드립니다.

• 이 도서의 국립중앙도서관 출판시도서목록(CIP)은
e- CIP 홈페이지(http://www.nl.go.kr/ecip)에서 이용하실 수 있습니다.
(CIP제어번호: CIP2010002473)

아침식사로 공기 한 모금

야나 프라이 지음·전은경 옮김

아일랜드

추천의 글

오늘도 진료실에서 살찌는 게 죽기보다 싫다며 비장한 각오로 음식을 거부하는 깡마른 여자아이를 만났다. 그 아이는 세상 어느 누구보다도 마르고 싶어했다. 하지만 자신의 마음속 두려움은 가족에게조차 털어놓을 수 없었다. 몸무게가 늘어 어른 같은 체형이 되느니, 차라리 죽는 게 낫다고 어떻게 말할 수 있겠는가.

이 책의 주인공인 세라피나는 가족을 따라 이탈리아에서 독일로 이주해와 새로운 환경에 처하면서 외톨이가 됨을 느낀다. 날씬한 동생과 학급 친구들에게서 자극을 받은 세라피나는 다이어트를 시작하게 되고, 그때부터 세라피나의 병적인 체중 감소는 롤러코스터를 타게 된다. 자기를 둘러싼 것들로부터 도망치고자 다이어트에 빠져드는 세라피나의 심리 상태와 세라피나의 시각에서 바라본 세상을 작가는 구체적이고 담담한 어조로 그려내고 있다.

세라피나의 이야기는 병원에서 도망친 세라피나가 친구 모세에게 발견되고, 모세에게서 따뜻한 위로를 받으면서 끝난다. 그 뒤로 세라피나의 삶이 어떻게 되었는지 구체적인 언급은 없지만 부디 이 병을 잘 극복해냈기를 간절히 기대해본다.

오늘날 10대 후반 여성 열 명 중 한 명은 섭식장애에 걸려 있는 것으로 추정된다. 날씬함을 이상적으로 생각하고, 마른 체형을 중시하는 최근 풍조가 그 원인의 하나다. 그동안 다이어트와 몸짱 열풍에 과열됐던 우리 사회도 이제는 체형에 대한 왜곡된 압력으로부터 아이들을 어떻게 지켜낼지 생각해볼 때다. 섭식장애를 겪고 있는 환자와 보호자들을 만나며 많은 이야기를 들어온 나는 세라피나의 이야기를 가슴 깊이 공감하며 읽었다. 이 책을 섭식장애를 겪고 있는 사람과 그 가족, 주변 사람들에게 적극 권하고 싶다.

• 김율리 인제대학교 서울백병원 신경정신과 교수

세라피나,
그리고 베를린에 사는 내 친구 자비네 샤르프에게 바침.

프롤로그

세라피나는 키가 168센티미터인 소녀다. 무척 말랐다. 아
주, 아주 많이 말랐다.

내 건너편에 앉아 조용하게 생각에 잠긴 채, 우리 사이에
놓인 책상 위에 오른쪽 검지 끝으로 눈에 보이지 않는 지그재
그 선을 그리고 있다.

"일이 어떻게 시작되었는지 나도 잘 모르겠어요."

그러다가 갑자기 말문을 열고는 나를 잠깐 바라보다가 다
시 입을 다문다.

하지만 한 시간 뒤, 우리의 첫 만남이 끝날 때에 나는 세라
피나의 삶에서 몇 가지를 알게 된다.

프리츠와 모세라는 아이.

울며 입을 맞추었던, 티볼리에 있는 암소 한 마리.

세라피나가 별로 좋아하지 않는 한 할머니.

또 무척 아프고, 케이크 이야기를 반복하는 또 한 명의 할

머니.

세라피나는 로버트 슈나이더의 소설 『오르가니스트』를 좋아한다.

반은 이탈리아 사람이다.

그리고 뚱뚱해질까봐 끔찍하게 두려워한다.

1

참 우습다. 가족사를 길게도, 아니면 짧게도 이야기할 수 있으니.

짧게 말하자면 이렇다.

십칠 년 전 여름, 우리 엄마는 로마에서 우리 아버지를 만났다. 엄마는 학생이었고 아버지는 수련공 석수石手였다. 엄마는 독일인, 아버지는 이탈리아인이었다. 여름이 지난 뒤, 엄마는 임신한 채 다시 독일로 돌아왔다.

반 년 뒤에 아버지도 독일로 왔다. 그 뒤에 내가 태어났고, 이 년 뒤에는 여동생 마리아가 태어났다.

길게 말하면 아주 달라진다.

우리 엄마는 언어 천재다. 열네 살 때 런던에 가서 몇 주 동안 홈스테이를 하며 영어를 배웠다. 11학년 때 2학기는 리옹에 가서 지내며 프랑스어를 배웠다. 대학 입학 자격시험을 치르고 대학생이 되어서는 로마로 날아가 이탈리아어를 배웠다. 그때 로마 한복판에서, 그러니까 가장 소란한 나보나 광장의 유명한 분수 옆에서, 가로등 기둥에 머리를 대고 울고 있는 어떤 남자를 보게 되었다. 무척 크고, 무척 마르고, 무척 젊은 남자였다. 엄마는 그 남자가 너무 슬퍼 보여, 옆에 가서 조심스럽게 그의 어깨에 손을 얹었다.

"무슨 일이에요?"

엄마는 처음에는 독일어로, 다음에는 이탈리아어로 물었다.

그 남자는 고개를 들고 우리 엄마를 가만히 바라보았다. 그렇게 한동안 침묵하고 있던 그가 갑자기 입을 열었다.

"마리아가 죽었어요."

그는 이탈리아어로 이렇게 말하고는 퉁퉁 부은 눈에서 눈물을 닦아냈다. 마리아는 울고 있는 남자의 여동생이며, 그 남자 이름은 조르지오라는 사실을 엄마가 알게 되었을 때는 이미 저녁이었다. 남자의 여동생 마리아는 겨우 열여섯 살이었고, 심장병을 심하게 앓았다고 했다.

엄마는 울고 있는 조르지오와 함께 바다로 가서, 해변에 앉아 손을 잡고 「환희의 송가」와 「해적의 발라드」와 또 수없이 많은 노래들을 불러주었다. 그러고는 밤늦게 그가 사는 로마 교외의 작은 마을로 갔다. 집안사람들이 모두 모여서 울고 있었다. 그 사람들 틈에 앉은 우리 엄마는 외톨이가 된 듯한 느낌과 보살핌을 받는다는 느낌을 동시에 받았다. 독일에 있는 엄마 가족은 눈물과 감정을 내보인 적이 한 번도 없었고, 그냥 서로 옆에 있기 위해 몇 시간씩 함께 앉아 있지도 않았다. 마리아의 장례식을 치르고 시간이 한참 더 흐른 여름의 끝 무렵, 우리 엄마는 임신을 했다.

"여기서 나랑 같이 살자."

아버지가 손가락 끝으로 엄마 배를 쓰다듬으며 말했다. 아직 눈에 보이지는 않지만, 몇 주 전부터 '내'가 들어 있는 엄마의 배를.

"하지만 내 학업은……."

엄마가 말했다.

"집에 한 번 더 가야……."

"그러면 내가 따라갈게."

아버지가 엄마에게 약속했다.

"자격증 시험을 끝내면 말이야."

엄마는 고개를 끄덕였지만, 아버지가 진심으로 하는 말인지 확신이 서지 않았다. 그래서 아무 말도 하지 않고 아버지를 가만히 바라보기만 했다.

그러나 아버지는 정말 왔다. 내가 태어나기 몇 주 전에 갑자기 문 앞에 나타났다. 손에 가방을 들고, 등에 배낭을 메고서.

"정말 왔네!"

엄마는 아버지 목에 매달렸지만, 두 사람의 몸은 닿을 수 없었다. 둘 사이에 내가 있었으니까. 나는 이제 도저히 숨길 수 없을 만큼 눈에 띄었다. 배 속에 나를 담은 우리 엄마의 체중은 20킬로그램 이상 불어나 있었다.

"온다고 약속했잖아."

아버지가 미소를 지으며 말했다.

그때 둘의 나이는 스무 살이었다. 몇 주 뒤 햇볕 좋은 날에 내가 태어났다.

이 년 뒤에는 여동생이 태어났다. 아버지 여동생의 이름을 따서 마리아라고 이름을 붙였다. 내 동생은 태어날 때부터 아버지 여동생과 비슷한 외모였다.

마리아는 아주 작고 보드라웠고, 동공과 홍채를 구분할 수 없는 검은 눈이었다.

아버지 여동생 마리아와 같은 모습⋯⋯.

나는 통통하고 붉은색이 도는 금발에 초록 눈동자의 아기였다. 엄마와 독일 외할머니를 많이 닮은 외모.

외모가 그런데도 내 이름은 세라피나 안토니아, 즉 아버지의 엄마와 같다. 이탈리아에는 큰아이가 아버지 부모님의 이름을 따르는 관습이 있다.

현재 우리 엄마는 직업학교 선생님이고 아버지는 석수인

데, 작은 회사를 운영하고 있다. 둘은 같이 살긴 하지만, 진정한 의미에서 같이 산다고 할 수는 없다.

마리아와 내가 아직 어릴 때 우리는 한동안 모두 논나이탈리아어로 '할머니' 집에서 살았다. 우리 논노이탈리아어로 '할아버지'가 돌아가셨을 때였다. 내 삶에서 가장 아름다운 시절이었다. 우리가 살던 집은 아주 작은 회색 슬레이트 집이었다. 동네 사람들 모두 우리를 좋아했다. 우린 하루 종일 다른 아이들과 함께 바깥에서 놀았다. 논나에게는 암소가 한 마리 있었다. 마당 뒤편의 작은 우리에 살던 암소 이름은 안젤레타였다. 나는 처음부터 안젤레타가 좋았다. 안젤레타가 처음 송아지를 낳느라 겁을 먹고 어쩔 줄 몰라하며 고통에 떨던 날, 나는 그 옆을 지켰다. 논나와 함께 밤새도록 안젤레타의 우리 안에 머물며 안젤레타를 위로하기 위해 쓰다듬었고, 논나가 가르쳐준 대로 땀에 흠뻑 젖은 털을 건초로 조심스럽게 문질러주었다.

아침에 송아지가 태어났다. 논나는 송아지 이름을 세라피나를 따서 '피나'라고 지었다. 논나가 어릴 때 불리던 것처럼, 그리고 논나가 나를 부르는 것처럼.

"네가 다시 독일로 가면 정말 보고 싶을 거야. 우리 금발 천사님."

논나는 이렇게 말하며 나를 꼭 끌어안았다. 논나 냄새를 지금도 기억한다. 라벤더와 마르세유 비누 냄새, 그리고 여송연

냄새가 약간 났다. 마을에서 가장 큰 거구였던 우리 논나는 이
따끔 논노가 남긴 여송연을 피웠다.

"난 독일로 가지 않아요."

나는 깜짝 놀라 이탈리아어로 대답했다.

그러나 논나 말대로 되었다. 내 열 살 생일 얼마 후에 우리
는 다시 한 번 이사를 했다. 다른 또 한 명의 할머니가—난 이
할머니를 거의 기억하지 못했다—병이 나서, 우리를 옆에 두
고 싶어했기 때문이다.

"싫어, 싫어, 싫어!"

나는 절망스럽게 울며 안젤레타의 우리로 기어 들어갔다.

하지만 아무 소용이 없었다. 나는 일주일 뒤 안젤레타에게
작별의 입맞춤을 하며 눈물을 흘렸다. 논나에게 입맞춤을 하
면서는 더 많이 울었다.

그런 다음 우리는 그곳을 떠났다. 모든 사람이 나를 알고
귀여워하던 아주 작은 우리 동네를, 마을 중간에 레몬나무 가
로수가 있고 마을 어귀에는 작고 매혹적인 소나무 숲이 있던
그곳, 내가 행복하게 살던 그 장소를…….

독일은 이탈리아와는 아주 달랐다. 우리는 도시에 살았고,
독일어를 해야 했다. 아버지는 회사를 차려서 우리와 놀아줄
시간이 거의 없었다.

레몬나무도 소나무 숲도 바다도 없었고, 소금 냄새가 나는 바람도 불지 않았다. 종려나무도 없었고, 마당에 암소도 없었다.

"아이들이 왜 이렇게 독일어를 못하지?"

외할머니는 밝은 파란색 눈으로 동생과 나를 불만스럽게 바라보았다. 내 눈과 비슷하게 생긴 눈이었다. 우리 엄마와 똑같은 눈. 봄날의 하늘색 눈동자에 작은 잿빛 반점이 들어 있었다.

"이제 다시 배울 거예요."

엄마가 대답했다. 엄마도 우리 마을을 그리워하고 있었다.

"언젠가는 다시 돌아갈 거야."

엄마는 우리에게 이렇게 약속했다. 하지만 외할머니가 완전히 건강을 회복했는데도 엄마는 약속을 지키지 않았다.

"난 여기가 좋아."

마리아가 이탈리아어로 말했다.

"난 아니야."

나도 이탈리아어로 대꾸했다.

우리는 새로 지어진 주택 단지에 살았다. 이곳에도 아이들은 많았지만 바깥에서 노는 일은 드물었다. 약속을 해서는 집에서 만났다. 나는 외톨이라고 느꼈다. 하찮다고 무시당하는 기분이었다.

크고 요란한 우리 논나가 보고 싶었다. 그곳의 수많은 모래

와 아름다운 소나무 숲, 그리고 어두침침한 우리에 있는 안젤레타가 그리웠다.

학기가 시작됐다. 내 인생은 돌덩이처럼 무거웠다.

집에서는 이제 독일어만 했다. 아버지도 독일어를 배웠다. 독일어를 하는 아버지의 목소리는 귀에 설었고 슬프게 들렸다. 나는 일주일에 딱 한 번, 우리 논나가 전화하는 토요일 저녁에만 몇 분 동안 이탈리아어를 했다.

"논나, 여기 별로예요."

수화기에 대고 나는 이렇게 속삭였다.

"논나, 안젤레타는 잘 있어요?"

"논나, 학교에서 책상에 나 혼자 앉아요."

몇 주가, 몇 달이 지나갔다.

가끔 나는 같은 동네지만 우리 집과는 정반대 쪽인 작고 지저분한 피자집에 가서, 그곳 마당의 낮은 담장에 앉아 있곤 했다. 아무 말도 하지 않고 조용히 앉아, 피자집 주인의 엄마인 벨리니 할머니가 발을 끌며 뒤 계단에 나타나 이탈리아어로 고양이를 부를 때까지 기다렸다. 그러고는 서글픈 기분으로 귀에 익은 이탈리아어에 귀를 기울였다. 외롭고 쓸쓸했다.

그러다가 이탈리아어를 잊어버리기 시작했다. 어느 토요일에 전화를 하다가 벌어진 일이었다.

"논나, 아빠가 나더러……."

나는 당황하여 입을 다물었다. "말 타도 된대요." 이 말을 하려고 했다. 그런데 '말을 타다'라는 단어가 이탈리아어로 생각나지 않았다.

"우리 천사님, 무슨 말을 하려고 했지?"

논나가 멀리서 물었다. 수화기에서 시끄러운 잡음이 들렸다.

"아무것도…… 아니에요."

중얼거리다가 입을 다물었다.

그다음 토요일에 나는 이제 분명히 할머니와의 통화가 끝났으리라는 생각이 들 때까지 바깥에 있었다.

내 평생 가장 슬픈 날이었다.

이탈리아에서 살 때 우리 선생님은 나이가 많고 엄했다. 약간 두려움을 불러일으키는 선생님이었다. 말을 듣지 않으면 머리에 꿀밤을 세게 먹였다. 선생님이 교실에 들어서면 우리는 모두 자리에서 일어나 한 목소리로 인사를 해야 했다. 수업 시간에 장난을 친 학생은 나머지 시간 동안 교실 구석에 서 있어야 했다.

하지만 이곳 독일 학교가 더 무서웠다. 항상 시끄러웠고, 모두 제멋대로였다. 새 담임선생님은 이탈리아 선생님보다 훨씬 더 자주 욕을 했지만, 학생들은 모두 선생님에게 무례하게 굴었다.

나는 여전히 책상에 혼자 앉았다. 우리 반 인원수는 홀수였고, 내가 마지막으로 전학 온 학생이었기 때문이다.

"우리 반 친구가 벌써 세 명이나 생겼어."

동생 마리아가 독일어로 이렇게 말하며, 검은 눈동자로 기분 좋은 듯이 나를 바라보았다.

"너는 논나 보고 싶지 않아?"

내가 이탈리아어로 나지막하게 묻자 마리아가 대답했다.

"응."

"마을은? 바다는? 다른 아이들은? 페드로와 파울라, 조반나 말이야. 안 보고 싶어?"

마리아는 고개를 끄덕이고는 자리를 떴다. 나는 당황하여 마리아의 뒷모습을 바라보았다. 외모는 저렇게 이탈리아 사람처럼 보이는데⋯⋯. 동생을 볼 때마다 옛날 우리 동네 친구들이 생각났다. 동생과 달리, 나는 작고 뚱뚱한 독일 외할머니처럼 피부색이 밝고 창백했다.

그해 여름에 모든 것이 달라졌다.

"우리 다음 주에 이탈리아로 가자."

아버지가 말했다. 아버지가 얼마나 기뻐하는지 우리 모두 눈치 챌 수 있었다.

살려고 가는 게 아니라 그저 방문일 뿐이라는 거야 알고 있었지만, 나도 정말 기뻤다. 이제 알던 사람들을 모두 다시 만나고, 뭐든 다시 보게 되겠구나!

"할머니, 금방 다녀올게요."

여행을 떠나기 전, 외할머니 집에 갔을 때 내가 말했다. 나는 흥분과 그리움으로 몸이 떨려서 거의 병이 날 지경이었다.

그런데 일이 벌어졌다. 떠나기 전날 저녁, 전화벨이 울렸다.

"조르지오 조르다노입니다."

아버지가 수화기에 대고 크게 말했다. 그런 다음 한동안 아무 말도 없었다. 이상하리만큼 조용했다. 너무 조용해서 나는 살금살금 복도로 나왔다. 무슨 일이 생겼는지 알지도 못하면서 갑자기 공포가 밀려왔다. 이유도 모르는 공포였다. 몸이 아주 차가워졌다. 아마 내 속 깊은 곳에 자리 잡은 일종의 예감이었을 것이다.

"마돈나, 맘마 미아 '세상에, 이럴 수가'라는 뜻의 이탈리아어."

그 순간 아버지가 나지막하게 중얼거리며, 수화기를 귀에 댄 채 땅바닥에 주저앉았다.

"언제 그랬어요? 지금은 어때요? 의식은 있나요? 다시…… 건강해질 수 있을까요?"

우리 논나에게 무슨 일인가 벌어졌구나!

"아빠……!"

나는 깜짝 놀라 속삭이듯 입을 열었다.

아버지가 수화기를 내려놓았다. 눈물이 아버지 볼을 타고 흘러내렸다.

"논나가 편찮으셔! 뇌졸중이야. 구급차로 병원에 이송되었다는데, 많이 위독해. 아주, 아주 많이……."

우리는 그날 밤에 즉시 출발했다.

'사랑의 하느님, 우리 논나를 살려주세요.'

나는 몇 시간 동안 속으로 중얼거렸다.

사랑의 하느님은 내 기도를 들어주었다. 크고, 자존심 강하고, 머리카락이 검은 우리 논나를 살려준 것이다. 하지만 논나는 예전처럼 건강을 회복하지는 못했다. 하얀 병실 침대에서 며칠 동안 계속 잠만 잤다. 잠에서 깨어나지 못하는 듯했다. 안젤레타는 동네 반대편 끝에 있는 작은 농장의 우리로 옮겨 갔다. 논나가 의식을 찾는다고 해도 이제 소를 키우지는 못할 테니까. 우리 모두 그 사실을 알고 있었다.

나는 절망에 빠져 논나의 침대 옆에 꼼짝도 하지 않고 앉아, 눈이 아플 만큼 뚫어지게 논나를 내려다보았다.

기억들을 계속 새로 불러냈다. 파스타 반죽을 하는 우리 논나, 포커 게임에서 이기면 쩌렁쩌렁 웃으며 의기양양하게 고개를 뒤로 젖히던 모습, 돌아가신 논노의 낡은 안락의자에 꽂

꼿하게 앉아, 여송연 연기에 휩싸인 채 정신을 집중하고 가장 좋아하는 모차르트의 오페라 「돈 조반니」를 듣던 모습. 일요일이면 나와 마리아를 데리고 공동묘지로 가서 고인이 된 가족들의 무덤에 꽃을 놓으며 크게 흐느끼고, 몇 발자국마다 천둥 치듯 코를 풀던 모습…….

그러던 어느 날, 논나가 깨어났다. 여위고 주름진 창백한 얼굴로 자리에 누워, 오랫동안 아무 말 없이 우리를 바라보았다. 병원 창문으로 들어온 반짝이는 여름 햇살이 병실의 차가운 흰색과 섞여, 쾌활하면서도 서글픈 독특한 빛을 빚어냈다.

"논나."

나는 마음이 놓여 나지막하게 말하며, 조심스럽게 논나의 손을 쓰다듬었다. 라벤더와 마르세유 비누와 여송연 냄새는 더 이상 나지 않았다. 이곳에서는 모든 것이 질병 냄새를 풍겼다.

"그래, 그래, 그래."

한동안 가만히 있던 논나가 이렇게 말하고는 깊은 한숨을 내쉬었다.

"엄마!"

아버지가 안도하여 크게 소리를 지르며 벌떡 일어났다.

"의식을 찾았어요! 말도 할 수 있네요! 이제 모든 게 좋아질 거예요!"

하지만 좋아지지 않았다.

병든 우리 이탈리아 할머니는 다시 한 번 깊은 한숨을 토하고, 위엄이 어린 목소리로 말했다.

"운이 좋았어. 아주 좋았지. 케이크가 탈 수도 있었는데 말이야."

모두 깜짝 놀라 아무 말도 하지 않았다. 내 생각에는 논나 스스로 가장 많이 놀랐던 것 같다. 어쨌든 논나의 눈은 무척 충격을 받은 사람처럼 보였다. 자기가 지금 말도 안 되는 소리를 한다는 것을 알지만 어쩔 수 없다는 듯이. 논나는 아무 것도 쓸 수 없었다. 쓰는 방법도 잊어버렸고, 펜을 쥘 힘도 없었다.

방의 햇살이 갑자기 사악한 배신자처럼 느껴졌다.

그 뒤로 병원에 갈 때마다 나는 절망스럽게 논나를 바라보았다. 논나도 슬픈 표정으로 마주 보았다. 논나는 처음에는 무언가 말하려는 시도를 그치지 않았다. 가볍게 내 손을 누르며, 단호한 표정으로 입을 열었다. 논나의 시선은 늘 그랬듯이 맑고 현명해 보였다. 하지만 머리는 더 이상 작동하지 않았다.

"……케이크가 탈 수도 있었는데."

논나는 며칠 동안 같은 말을 반복했다.

"전쟁 때는 케이크가 없었어. 재료를 구할 수 없었으니까."

몇 번은 이런 말도 했다. 우리 아버지는 옆에 놓인 방문객용 의자에 앉아, 손으로 얼굴을 감싸고 있었다.

그러다가 언젠가부터 논나는 말을 완전히 멈추었다.

"피나, 케이크가……!"

논나가 나에게 마지막으로 한 말이었다. 논나는 아주, 아주 마르고 창백해져서 다시 알아보기 힘들 정도였다.

집은 세를 놓고 논나는 로마에 있는 요양원으로 옮겼다. 우리가 독일로 모시고 갈 수 없었기 때문이다. 우리 집은 너무 작았고, 엄마가 일을 해서 논나를 돌볼 시간도 없었다. 또 독일 의료보험도 비용을 대주려 하지 않았다.

앞으로는 아버지 이모가 논나를 자주 찾아가고, 아버지도 가끔 로마로 와서 잠깐이나마 논나와 함께 있기로 했다.

나는 다시 이탈리아에 작별을 고했다.

이번에는 최종적인 결정이었다.

나는 논나에게 마지막 입맞춤을 했다. 그러고는 마을 반대편의 새 우리에 있는 암소에게도 입을 맞추고 싶었다. 그래서 아버지는 나를 자동차에 태우고 마을을 한 번 더 가로질러 달려야 했다.

돌아오는 내내 나는 한 마디도 하지 않았다.

6학년에 올라갔을 때 모세가 전학을 왔다. 나보다 나중에 온 유일한 아이였으므로 내 옆 자리에 앉았다.

"안녕, 나는 모세 에반젤리스타야."

그 아이는 눈을 가늘게 뜨고 뭔가 탐색하듯이 나를 바라보았다. 뚱뚱하고 안경을 쓰고 있었으며, 얼굴 전체에 주근깨가 흩뿌려져 있었다. 짙은 색 머리카락은 덥수룩했다.

모세는 말을 많이 했다. 쉬는 시간에는 계속 나를 따라다니며 이야기를 나누었다. 아니, 나누었다기보다는 나에게 쉴 새 없이 말을 걸었고, 자기 말을 들어주기를 바랐다. 첫 주가 지나자 나는 모세에 대해 아주 많은 것을 알게 되었다.

모세 할아버지는 에스파냐 사람이었다. 성이 독특한 이유는 그 때문이었다. 하지만 모세는 아직 한 번도 에스파냐에 가

본 적이 없었다. 선인장을 수집하는데, 가지고 있는 게 백 개도 넘는다고 했다. 지금은 세쿼이아낙엽침엽수로, '매머드나무'라고도불린다와 바나나나무를 기르는 중이었다. 모세 집에는 증조할머니가 물려준 늙은 잿빛 푸들이 살았는데, 기분이 나쁠 때면 깨무는 버릇이 있었다. 모세 부모님은 따로 살았다. 변호사인 엄마는 집에 거의 없었다. 아버지는 사랑에 관한 시를 썼지만 아무도 사지 않았고, 늘 새로운 여자 친구들이 생겼다. 그는 교외에 있는 작고 지저분한 집에 살았다. 모세의 말이 사실이라면 그 집은 꽉 찬 재떨이들이 여기저기 놓여 있고 빈 포도주 병들이 돌아다니는 대혼란 상태였다.

"넌 정말 말이 없구나."

금요일에 버스를 타러 나란히 걸어갈 때 모세가 말했다.

"시뇨리나 세라피나 조르다노, 너 이탈리아 사람이야?"

모세는 계속 캐물으며 얼굴을 바짝 들이대고 나를 바라보았다. 모세 안경이 햇살에 반짝였다.

나는 고개를 끄덕였다.

"하지만 외모는 그렇지 않네."

모세는 고개를 저으며 이렇게 말하고는 나를 계속 바라보았다.

우리는 친구가 되었다. 나는 점차 모세에게 우리 논나와 이탈리아와 우리 마을과 안젤레타를 향한 내 사랑을 이야기했다. 우리 이탈리아 할머니는 예전에 늘 쿠바 여송연을 피웠으며, 지금은 머리에 병이 생겨 케이크 이야기만 한다는 말도 했다. 하지만 할머니는 그 말조차 하지 못할 때가 많았다. 그날 나는 모세 방에서 물어뜯기 잘하는 푸들 브루노를 무릎에 올려놓은 채, 이 모든 일이 서글퍼 울기 시작했다. 울고, 울고, 또 울었다. 모세는 아무 말 없이 내 옆에 조용히 앉아, 내가 그칠 때까지 참을성 있게 기다렸다.

7학년이 되자 모세와 나는 색소폰을 불기 시작했다. 평화로운 나날이었다.

모세는 나와 비슷했다. 외국 피가 섞였지만 외모에서 드러나지는 않았고, 바깥에서 놀기 좋아했다. 우리는 브루노와 함께 숲에 가거나 근처의 해바라기 밭에 누워, 칼 마이독일의 유명한 베스트셀러 작가로, 특히 '빈네투'라는 인디언이 나오는 모험 소설 시리즈로 유명의 책들을 구할 수 있는 대로 모두 구해 함께 읽기도 했다.

모세가 기르는 세쿼이아는 미친 듯이 자랐다. 어느 날 모세가 그 나무를 나에게 선물했다. 바나나나무는 지난겨울을 버티지 못하고 죽었지만, 모세는 다른 바나나나무를 벌써 새로 기르기 시작했다.

"고마워."

나는 기쁘게 받아들고는, 작고 부드러운 그 세쿼이아를 내 방 창틀에 두었다.

"나무가 여기까지 자라면……."

모세가 유리창에서 나무 높이보다 꽤 높은 위치를 손가락으로 톡톡 치며 말했다.

"너희 논나랑 그 마을이랑 암소 안젤레타를 보러 이탈리아로 가자."

우리는 서로 마주 보며 미소를 지었다.

모세의 학교 성적은 거의 모든 과목에서 나빴다. 모세가 낙제해서 헤어지게 될까봐 걱정스러울 정도였다. 미술과 음악 성적만 좋았다.

"너 좀 열심히 공부해. 수학과 물리와 생물 등등, 거의 모든 과목 성적이 '양'이나 '가' 잖아."

내가 경고했다.

성미 급한 모세 엄마는 아들을 위해 과외 선생님을 고용했지만, 모세는 여전히 노력하지 않았다. 그러던 어느 날, 모세 집에 있다보니 아이디어가 떠올랐다. 나는 노트에서 중요한 법칙과 공식을 하얀 종이에 옮겨 적어 벽면 여기저기에 붙였다. 모세 방에도, 복도에도, 거실에도, 욕실 거울에도.

"자, 이제 공부가 될 거야."

내 말에 모세는 주근깨가 가득한 동그란 얼굴을 찡그렸다.

"이제부터는 뭘 하든 항상 조금씩 공부를 하는 거야."

나는 만족스러운 마음으로 설명했다.

"선인장에 물을 주거나 바나나나무 화분 갈이를 하면서 기하학을, 부엌에서 아침 식사를 하면서 대수학을, 식당에서 점심 식사를 하면서 유전학을, 욕실에서 이를 닦으면서 물리 법칙을 외울 수 있어."

"으웩, 토 나와……."

나랑 가장 친한 친구는 고마워할 줄 모르고 중얼거렸다.

우리는 부엌에 편하게 앉아 콘플레이크를 한 그릇씩 먹으며 수학 공식을 외웠다. 나는 이렇게 하면 모세가 공부를 할 수 있으리라고 생각했다.

하지만 생각대로 되지 않았다. 모세는 여름에 낙제를 했다.

"빌어먹을……."

나는 속이 상했다.

"괜찮아. 그래도 우린 계속 제일 친한 친구니까."

모세는 이렇게 말하고는, 털이 많은 주황색 씨에서 힘겹게 싹을 틔운 아주 작은 극락조화 화분을 나에게 선물했다.

"별 문제 없으면, 네 열여덟 번째 생일에 처음으로 꽃이 필 거야."

모세는 히죽 웃으며 이렇게 말하고는, 작은 화분을 세쿼이아 옆에 조심스럽게 놓았다. 세쿼이아는 최근에 성장이 느려졌다. '같이 이탈리아로 가는 시기 표시'까지 자라려면 아직도 한참 더 있어야 하는 크기였다.

"꽃이 피면 우리 키스하자."

모세가 나를 보는 듯 마는 듯 흘낏 바라보며 제안했다.

나는 아무 말도 하지 않았다. 혹시 모세가 나를 좋아하는 게 아닌가 하는 의심은 꽤 오래전부터 하고 있었다. 하지만 모세는 내가 키스하고 싶은 타입은 아니었다. 모세는 그냥 모세였다. 나랑 제일 친한 친구.

둥근 얼굴에 주근깨가 가득하고 뻣뻣한 머리카락은 언제나 헝클어져 있는, 나와 가장 친한 친구.

모세와는 특이한 원시 식물을 함께 기르고, 숲을 돌아다니고, 몇 시간 동안이나 해바라기 밭에 누워 비틀즈의 옛날 노래를 따라 부를 수 있었다.

하지만 모세와 키스하는 것은 상상할 수 없었다.

나는 낮 동안은 지극히 평범한 아이였다. 모세와 색소폰을 불고, 함께 극장에 가거나 시내나 숲에 갔다. 몇 시간 동안이나 비디오를 보며 '빈네투'가 나오는 영화의 대사를 따라하고, 빈네투가 죽었을 때는 함께 울기도 했다. 하지만 밤의 나는 낮과는 다른 세라피나 조르다노였다. 아주 특별한 세라피나 조르다노.

아름답고 사랑받는 여자아이였고, 모세 말고 다른 아이들도 나를 좋아했다.

더운 여름에 나는 열네 살이 되었다. 몇 주 동안 한 번도 비가 오지 않았다. 무더운 여름 공기는 완벽하게 그대로 멈춰 서 있는 것 같았다.

아버지는 요양원이 괜찮은지 살펴보기 위해 며칠 동안 혼자 이탈리아로 떠났고, 엄마와 마리아와 나는 외할머니와 함께 남부 프랑스로 갔다. 외할머니는 그곳 바닷가에 작은 별장 한 채를 가지고 있었다.

"난 아빠랑 이탈리아에 가고 싶어요."

나는 미리 이렇게 말했지만, 왠지 일이 꼬여 그렇게 하지 못했다.

부모님은 최근에 많이 다투었다.

언젠가 부엌에서 다투던 중에 엄마가 바질 화분을 아버지에게 내던졌고, 아버지는 그 대답으로 엄마의 일정이 적힌 달력을 선반에서 휙 쓸어내렸다. 그때 나는 학교에서 막 돌아와 복도에 서 있었다. 무슨 일로 싸우는지 전혀 몰랐다. 살금살금 내 방으로 들어갔다.

원래 사랑이란 살다보면 언젠가는 그치는 걸까? 아니면 상대방에게 소리를 지르고 바질 화분을 던지기는 하지만 여전히 서로 사랑하는 건가?

여행을 떠나기 며칠 전, 우리 윗집에 새로운 가족이 이사를 들어왔다.

"나는 어네스티네야."

어느 날 아침, 계단에서 만난 여자아이가 말을 걸었다. 방학한 지 이틀째 되던 날이었다. 그때 모세는 아버지와 함께 아일랜드로 떠나고 없었다.

"나는 세라피나야."

이렇게 대답하며 호기심에 어네스티네를 자세히 살펴보았다.

어네스티네는 나보다 키가 약간 컸다. 곧게 뻗은 갈색 머리카락은 끝부분만 둥글게 말려 있었다. 그 아이도 나보다 날씬했다. 가슴이 작고 뾰족했으며, 얼굴은 갸름하고 예뻤다. 납작한 배가 드러나는 짧은 하늘색 민소매 옷을 입고 있었다.

정말 아름다웠다. 내가 바라는 외모였다. 밤에 꿈을 꿀 때면 나는 그런 모습이었다.

"방금 이사 왔어. 그래서 내 방에는 이사 보따리가 천 개쯤 있어."

어네스티네가 미소를 지었다.

"너도 여기 살아?"

나는 고개를 끄덕였다.

"잘됐다!"

어네스티네 말에 잽싸게 대꾸했다.

"그런데 우리 사흘 뒤에 휴가를 떠나."

"어머, 그렇구나. 너 몇 살이야?"

"열네 살."

내 말에 어네스티네는 자기도 열네 살이라고 했다.

어네스티네는 내가 여행 가고 없는 사이에 세쿼이아와 극락조화에 물을 주겠다고 약속했다.

어네스티네가 계단을 깡충깡충 뛰어 내려가는 뒷모습을 지켜보고 있자니 가슴이 두근거렸다. 어쩌면 독일에 온 이후로 저 아이가 내 첫 여자 친구가 될지도 몰라.

상상만 해도 기뻤다.

우리는 무더운 삼 주를 남부 프랑스에서 보냈다. 아버지는 우리를 뒤따라오지 않고, 이탈리아에 머물면서 옛 친구들을 만났다. 엄마와 외할머니는 별장의 작은 테라스에 앉아 적포도주를 마시고, 바게트에 여러 가지 토핑을 얹은 브루스케타와 올리브를 먹었다. 둘은 아버지 생각이 나지 않는 모양이었다.

마리아는 해변에서 여자아이 세 명을 사귀어 내내 그 아이들과 함께 시간을 보냈다.

"피나, 너는 왜 그래?"

할머니가 몇 번이나 물었다.

"왜 꼼짝도 하지 않지? 마리아와 다른 아이들과 함께 해변으로 내려가렴. 무척 싹싹한 아이들 같더구나."

나는 고개를 젓고는 그 자리에 그냥 있었다. 더위 때문에 거의 미칠 지경이었다. 모세도 보고 싶었다. 그리고 아빠도. 게다가 계속 자외선 차단 크림을 발랐지만 햇볕에 심하게 탔다. 피부가 문제였다. 나는 탐탁지 않은 심정으로 밝은색 팔다리를 내려다보았다. 살찐 분홍 새우처럼 보였다. 구역질이 났다.

마리아는 왜 예쁘고 날씬할까? 나는 왜 하필이면 엄마를 닮았을까? 엄마는 큰 체격에 붉은 금발이었고, 피부색이 밝고 주근깨가 많았다. 그 대신 재미있는 성격에 쾌활했으며, 인생을 편하게 생각했다. 아버지는 마른 몸매에 눈동자와 머리카락이 검었다. 하지만 인생을 언제나 너무 진지하게 생각했고 근심이 많았으며, 도처에 문제가 널려 있다고 믿었다.

마리아와 나는 이 모든 장단점을 왜 이다지도 불공평하게 물려받았을까? 마리아는 왜 날씬하고 매력적인 데다가 재미있고 쾌활하기까지 하고, 나는 왜 뚱뚱하고 창백한 데다가 인생이 복잡하고 힘들다고 생각할까?

나는 의기소침해져서 이미 뜯은 땅콩 봉지를 끝까지 다 먹어치웠다.

"건강에 좋지 않은 쓰레기를 그렇게 계속 쑤셔 넣지 마라."

외할머니가 고개를 저으며 말했다.

머리가 아프기 시작했다. 나는 별장 안으로 들어가 작은 텔레비전을 켰다. 짜증을 내며 프로그램을 이리저리 돌려보았지만 흥미를 느낄 만한 것은 찾지 못했다. 그래도 그냥 자리에 앉아, 아무 생각도 하지 않고 가물거리는 화면을 바라보았다. 바깥에서 바람 소리가 들렸다. 멀리서 사람들 목소리도 들려왔고, 테라스 바로 옆에 있는 종려나무가 바스락거리는 소리도 들렸다.

땀이 계속 났다. 별장 안쪽은 더운 바람이 그대로 멈추어 있었다. 몸에 착 달라붙은 티셔츠를 머리 위로 벗으며 짜증을 냈다. 올해 여름에는 비키니 입은 모습으로 바깥에 나갈 수 없었다.

텔레비전 드라마에서 나오는 계절도 여름이었다. 멋진 여자 세 명이 해변에 앉아, 서핑보드에서 균형을 잡느라 애를 쓰는 남자 셋을 보며 킥킥거리고 있었다. 한 여자는 마리아와 약간 닮았고, 다른 여자는 새로 생긴 이웃 어네스티네를 떠올리게 했다. 또 다른 한 여자는 앞의 두 여자를 섞어놓은 외모였다.

내 외모는 왜 저렇지 않을까? 이탈리아에서 살 때가 잠깐 떠올랐다. 우리 거실 벽에는 그 당시 사진이 걸려 있었다. 그때 나는 예뻤다. 이탈리아의 햇빛은 세월이 흐르면서 밝은 내

피부를 갈색으로 바꾸어놓았다. 그때는 나도 마리아처럼 날씬했다.

우리 시장님이었던 비토리오 아저씨는 나를 만나면 늘 멋진 칭찬을 했다. 내 밝은색 피부와 금발이 아름답다고, 아름답고 특별하다고. 그래서 나를 이탈리아어로 '라 밤볼라 도로'라고, '금빛 인형'이라고 불렀다.

하지만 이미 오래전에 지나간 일이었다.

그때 이후로 왜 이렇게 뚱뚱해졌을까?

내 몸무게는 거의 65킬로그램이었다.

마리아는 40킬로그램.

우리 몸무게는 25킬로그램이나 차이가 났다! 나이는 겨우 두 살 차이인데.

화가 나서 텔레비전 프로그램을 돌렸다. 프랑스 방송에서 무척이나 뚱뚱하고 아주 창백하고 보기 흉한 여자가 체중계 위에 서서, 허리에 줄자를 대고 있었다. 표정이 불행해 보였다. 추하고 거부감을 일으키게 생겼으니 놀랄 일도 아니었다. 엄청나게 많은 지방이 두툼하고 물렁하고 보기 흉한 종양처럼 몸 전체에 매달려 있었다. 나는 마비된 듯 그 여자를 노려보았다. 뚱뚱해지면 저렇게 되는 거야! 그녀가 프랑스어로 뭔가 불평을 했지만 한 마디도 알아들을 수 없었다. 그다음에는 날씬하고 매력적인 여자가 등장했다. 그 여자는 이상한 분홍색 주스—카메라가 그 주스를 계속 비추었다—를 마시면 모두 자기처럼 날씬하고 매력적인 몸매가 된다고 설명하는 모양이었다.

광고였구나. 말도 안 되는 엉터리.

프로그램을 다시 돌렸다. 뚱뚱하고 흉한 그 프랑스 여자를 안 보게 되어 다행이었다.

저기 로비 윌리엄스다! 프랑스 음악 방송에 내가 제일 좋아하는 가수 로비 윌리엄스가 나왔다. 얼마나 멋진가! 몸매도 정말 좋아! 나는 내일 먹으려던 칩 봉지를 뜯어, 로비 윌리엄스를 보는 동안 모두 먹어치웠다. 그는 내가 제일 좋아하는 「필Feel」을 부르다가, 갑자기 청중 가운데서 어떤 여자를 무대로 이끌어내더니 입을 맞추었다. 그 여자 머리카락은 길고 검었다. 허리도 가늘었으며, 무척 아름다웠다. 둘은 잘 어울렸다. 그녀의 날씬한 몸이 로비 윌리엄스의 미끈한 몸에 기대섰다.

나처럼 생긴 아이는 절대 무대로 끌어 올리지 않겠지. 그건 확실해.

나는 얼른 프로그램을 다시 돌렸다.

그러고는 한 손을 땀에 젖은 맨살, 출렁거리는 배에 올려보았다. 한없이 물렁물렁하고 뚱뚱한 배에…… 배는 풍성한 언덕 같았고, 엉덩이에도 지방층이 쌓여 있었다. 나는 화가 나서 빈 과자 봉지를 뭉쳐 구석에 던지고는, 매력적인 여자 셋이 나오는 프로그램을 다시 찾았다.

그러다가 광고를 하느라 쉬는 틈에 작은 욕실에 살그머니 들어가, 문 안쪽에 달린 거울에 몸을 비춰보았다. 거울은 두 군데에 금이 갔지만 잘 볼 수 있었다. 지나치게 잘 보였다.

나는 작년에 입던 터키옥색 비키니를 입고 있었다. 그때만 해도 잘 맞았다. 그러나 지금은 팬티 고무줄이 엉덩이 살을 깊이 파고들었다. 최근에 왜 이렇게 뚱뚱해졌을까?

가슴도 커졌다. 배도 보기 싫었다. 내가 원하는 모습이 아니었다. 마리아 배와 달랐다. 텔레비전에 나오는 여자들의 배와도 달랐다.

"빌어먹을……."

나는 이렇게 중얼거리고는 살을 빼기로 마음먹었다.

3

"벌써 다 먹었어?"
저녁에 레스토랑에서 식사를 할 때, 엄마가 놀라서 물었다.
"거의 아무것도 먹지 않았잖아. 어디 아프니?"
"아뇨, 멀쩡해요."
내가 대답했다.

"피나, 빵 한 조각 더 안 먹을래?"
아침에 할머니가 빵 바구니를 내밀며 물었다.
"아뇨, 괜찮아요."
힘주어 대답하고는 내 그릇을 얼른 치웠다.

"햄 샌드위치 왜 안 먹어?"

점심 때 해변에서 마리아가 놀란 표정으로 물으며 음식이
가득 찬 바구니를 뒤졌다.

"언니가 먹기 싫으면 내가 먹어도 돼?"

나는 끔찍하게 배가 고팠지만, 얼른 고개를 끄덕였다.

거의 일주일이 그렇게 지나갔다.

왜 살이 빠지지 않을까? 배는 계속 꾸르륵꾸르륵, 또 꾸르
륵거리는데 나는 예전 모습 그대로였다. 화가 났다. 늦은 저
녁에 해변을 산책하며 칩을 한 봉지 사서 허겁지겁 먹어치웠
다. 어두워진 하늘에는 별이 총총하게 떴고, 갈매기 한 마리
가 탄식하듯 끼룩거렸다. 나는 광고에서 보았던 뚱뚱한 프랑
스 여자를 잠깐 떠올렸다. 칩을 먹은 게 금방 후회가 되었다.
앞으로는 그러지 말아야지…….

나흘 뒤에는 집으로 가겠네. 사흘 뒤, 이틀 뒤, 이제 내일이
면 가는구나. 이탈리아에 계신 할머니에게 엽서를 썼다.

사랑하는 논나!

보고 싶어요. 우린 지금 앙티브에 있어요.

다른 할머니 별장이 여기 해변에 있는 거 알죠?

논나도 여기 계시면 좋겠어요. 아니면 내가 이탈리아로 가서

논나 옆에 있거나. 논나, 사랑해요.

피나 올림

이제 더 이상 이탈리아어로 쓸 줄 몰라서 독일어로 썼다.

"왜 계속 논나에게 엽서를 보내는 거야?"

탁자에 놓인 엽서를 본 마리아가 물었다.

"논나는 어차피 읽지 못하잖아."

나는 아무 대답도 하지 않았다. 그냥 입을 꾹 다물고 접의자에 누워, 제발 살이 빠지기를 기다렸다. 내 몸과 나는 치열한 전투를 치르는 중이었다. 배 속에서 꾸르륵거리는 소리가 시끄럽게 들려왔다. 배가 너무 심하게 고팠지만 나는 꿈쩍도 하지 않았다.

외할머니도 테라스로 나왔다. 나는 못 본 척하고 그냥 있었다. 동생이 조금 전에 그랬듯이 외할머니도 엽서를 들고 읽었다.

"넌 왜 나를 항상 '다른 할머니'라고 부르지?"

화난 목소리로 외할머니가 물었다.

"전혀 싹싹하게 들리지 않아."

나는 침묵, 침묵, 또 침묵했다. 겨우 한 시간 전에 아침을 먹었는데 배가 또 고팠다. 계란 한 알과 버터를 얇게 바른 토스트 하나밖에 먹지 않았다.

"요즘 왜 그렇게 조금만 먹지?"

엄마가 물었다.

"다이어트 중이에요."

나는 차에 설탕을 조금 뿌리며 대답했다.

"아니, 왜? 넌 뚱뚱하지 않아."

외할머니가 고개를 저으며 말했다.

"네 동생처럼 비쩍 마르지 않았을 뿐이야."

거기에 대고 무슨 말을 할 수 있으랴? 오늘 아침에 옷을 입던 때를 생각했다. 나는 마리아처럼 민소매 옷을 입을 수 없었다. 엉덩이를 바지에 집어넣고 단추를 잠그면 허릿단 위로 흉측한 분홍색 벌레처럼 뱃살이 넘쳤다. 물렁한 구명 튜브처럼 빙 돌아가며 솟구쳐 오른 뱃살. 이 튜브를 가리기 위해 되도록 폭이 넓은 티셔츠를 입어야 했다. 하지만 그렇게 가려도 뱃살은 여전히 느껴졌다.

점심 때 모세에게서 문자 메시지가 왔다.

사랑하는 세라피나, 보고 싶어! 아일랜드 여자아이들은 모두 외국어를 하네. 그래서 거의 한 마디도 알아들을 수 없어. 네가 그리워! 모세가.

그래, 나도 네가 보고 싶어.

다음 날 우리는 집을 향해 출발했다. 개선 행진곡이 울리는 것 같았다! 아침에 수가 놓인 7부 청바지에 다리를 집어넣어 보았다. 이 주 전까지만 해도 전혀 맞지 않던 바지였다. 하지만 이제는 허벅지 위로 어느 정도 당겨졌고, 단추도 거의 문제없이 잠글 수 있었다. 허릿단 위의 지방 덩어리 벌레도 작아졌다. 어쨌든 분명히 조금은 줄어든 상태였다.

나는 흡족한 기분으로 설탕을 넣지 않은 차를 마시고, 구운 토스트 빵 하나를 먹었다. 이번에는 버터를 바르지 않고 얇은 칠면조 햄 한 조각만 올렸다.

그런 다음 먹은 것을 일기장에 써넣었다.

아침: 칠면조 햄을 얹은 토스트 한 조각.

점심때, 독일 방향으로 가는 고속도로에서도 적었다.

점심: 사과 하나, 포도 다섯 알, 햄 샌드위치 하나.

그러고는 귀에 이어폰을 꽂고 로비 윌리엄스 노래를 들으며, 토마스 만의 『부덴브로크가의 사람들』을 읽었다. 프랑스를, 그다음에는 스위스를 지났다. 그 뒤로 독일 고속도로가 나타났다. 마리아는 프랑스에서 만난 친구들에게 문자 메시지를 보내고, 내일 만나게 될 독일 친구들에게도 보냈다.

저녁 무렵에 그 책을 끝까지 읽었다. 배가 엄청난 반란을 일으켰다. 너무나 배가 고팠다.

"샌드위치 먹을 사람?"

외할머니가 물으며 음식 바구니를 뒤졌다. 마리아는 초콜 릿 바를 두 개 먹고, 햄과 치즈와 야채를 넣은 빵도 두 개나 먹 었다. 나는 점점 더 배가 고프고 짜증이 났다.

"피나, 넌 뭘 먹을래?"

외할머니가 물었다.

"너도 샌드위치 줄까? 아니면 고기 완자? 감자 샐러드도 있어."

"사과 한 알만 먹을래요."

"세라피나, 적당히 해라."

엄마가 뒷거울로 나를 보며 말했다. 나는 입을 다물고는 운 전석 바깥으로 드러난 엄마의 넓은 어깨를 바라보았다. 물렁 한 어깨는 햇빛에 그을려 있었다. 물컹하고 두꺼운 어깨 살. 광고에서 보았던 프랑스 여자가 다시 떠올랐다. 물론 엄마는 그 여자처럼 뚱뚱하지는 않았다. 정말 그 정도는 아니었다. 하지만 '너무 뚱뚱한' 것만은 분명했다. 이제 겨우 서른다섯 살인데, 매력적으로 보이지 않았다. 나도 예쁘지 않아……. 나는 뚱뚱했다. 뚱뚱해, 뚱뚱해, 뚱뚱해, 뚱뚱해, 뚱뚱해, 뚱 뚱해…….

나는 스펀지처럼 물렁하고, 둔중하고 굼떴다.

나는 뚱뚱해. 뚱뚱해, 뚱뚱해, 뚱뚱해, 뚱뚱해······.

점점 더 피곤해지는 느낌이었다. 자동차는 일정한 속도로 달렸고, 내 배도 일정하게 꾸르륵거렸다. 창밖이 어두웠다. 로비 윌리엄스 노래도 이미 오래전에 끝났다. 이어폰에서 치익거리는 소음이 들려왔다. 예전의 삶에서 탈출하고 싶었다. 어떤 식으로든.

그러다가 잠이 들었다.

나는 에스프리에서 하얀 원피스를 샀다. 시내에 있는 그 매장은 내가 가장 즐겨 가는 곳이었다. 하얀 여름 원피스. 개학 첫날, 천천히 걸어 운동장에 도착하자 햇살이 퍼졌다. 다른 아이들은 이미 모두 와 있었다.

"세상에, 세라피나!"

아이들이 나를 보며 말했다.

"너 정말 멋지다! 어쩌면 그렇게 날씬해졌어?"

나는 아이들에게 미소를 지었다. 무척 기뻤다.

세상이 달라졌다. 멋진 변화였다.

집에 도착했을 때는 이미 밤이었다. 마리아는 잠깐 깨어 터덜거리며 침대로 걸어가더니 곧장 다시 잠이 들었다. 하지만 나는 꿈을 꾼 뒤로 정신이 말똥말똥해졌다. 배가 뭔가에 찔린 듯이 아팠다. 텅 빈 느낌, 굶어죽을 것 같은 기분이었다. 배에 통증을 일으키는 구멍이 뚫린 듯했다.

몸도 덥히고 폭동을 일으킨 배도 달래기 위해 생크림을 얹은 코코아를 마시고 싶었다.

버터와 초콜릿 크림을 바른 빵도 먹고 싶었다.

아니, 토마토소스를 얹은 볼로냐 스파게티를 큰 접시로 가득 먹는 게 낫겠지? 파르메산 치즈를 듬뿍 뿌려서.

아니면 빵가루를 묻혀 튀긴 고기와 감자튀김 한 접시 가득.

또는 카레 소시지.

아니면 뭔가 다른 것.

배가 고팠다. 배가, 배가 고팠다.

엄마가 외할머니를 집에 모셔다드리고 다시 돌아오기까지는 한참이나 시간이 걸렸다. 그 뒤에 드디어 집이 조용해졌다. 깊고 조용한 밤, 나는 몸을 떨며 침대에 누워 있었다. 피곤하고 완전히 지쳤지만, 그래서 눈이 거의 감길 지경이었지만 잠을 이룰 수 없었다. 아무리 애를 써도 소용이 없었다. 세찬 허기가 속에서 반란을 일으켜 잠을 잘 수가 없었다.

결국 어쩔 수 없이 부엌으로 갔다. 차를 타고 오는 동안 많이 먹어서 거의 빈 음식 바구니가 식탁에 그대로 놓여 있었다. 축축해진 작은 빵 하나가 바구니 안에 남아 있었다. 나는 얼른 비닐 랩을 벗기고 빵을 입에 밀어 넣었다. 너무 배가 고파 거의 씹을 수도 없었다. 먹고나니 상태가 약간 좋아졌다. 살그머니 내 방으로 다시 돌아와 일기장에 적었다.

　밤: 버터 바르고 햄을 넣은 빵 하나! 빌어먹을!

　내일 마가린을 사야지. 마가린은 어쨌든 나 같은 사람들에게는 버터보다 나을 테니까.

　다음 날은 비가 내렸다. 몇 주 만에 오는 비라서 모두 안도의 숨을 내쉬었다. 내가 프리츠를 만나게 된 날이었다.
　내가 없는 동안 세쿼이아는 잘 자랐지만, 작은 극락조화는 잎사귀 끝에 주름이 가고 갈색으로 변해 있었다. 나는 두 화분에 모두 조심스럽게 물을 주고, 모세에게서 온 많은 엽서들을 대강 훑어보았다.
　한 엽서에는 '시뇨리나 세라피나, 네가 보고 싶어!'라고 쓰여 있었다.

　다른 엽서에 적힌 글은 이랬다.

　우리 아버지랑 무진장 심하게 다투었어.
　아버지를 어떻게 처치할까 생각 중이야.

절벽에서 바다로 밀어버릴까? 소량의 비소나
청산가리 몇 방울을 사용할까? 아니면 연기를 뿜는
권총으로 저세상으로 보내버리는 게 나을까???

세 번째 엽서에는 이렇게 쓰여 있었다.

나 어젯밤에 세상에서 제일 허름한 술집에서
엄청 취하게 퍼마셨어. 밤새도록 토했지.
우리 아버지가 굉장히 투덜댔어.

모세가 영국 여왕 얼굴에 펑키 헤어스타일과 수염을 그려
넣은 엽서도 있었다. 거기에는 이런 글이 적혀 있었다.

정력이 남아도는 정신 나간 우리 아버지가,
정신 나간 어떤 아일랜드 여자에게 추파를 던졌어.
그 여자 이름은 마릴린이래.
스파게티처럼 바짝 마른 여자야.
하지만 무진장 섹시해. 나 '정신 나간' 우리 아버지와
그 여자를 놓고 결투를 벌여야 해!!!

식빵 두 장 사이에 닥스훈트 강아지가 들어가 있는('핫도그'

라고 쓰여 있었다) 마지막 엽서에는 이런 글이 쓰여 있었다.

아니야. 마릴린은 당연히 우리 아버지가 차지해도 돼.
난 너만 사랑하니까. 모세가.

나는 미소를 지으며 세쿼이아를 바라보았다. '같이 이탈리아로 가는 시기 표시'에 닿으려면 아직 한참 더 자라야 했다…….

아침 식사를 하러 갔다. 수가 놓인 7부 청바지는 몸에 점점 더 잘 맞았다. 이제는 허벅지도 조이지 않았다. 예전에는 이걸 입으려면 침대에 누워 몸을 억지로 구겨 넣어야 했다. 그걸 생각하면 굉장한 성과 아닌가!

엄마는 식탁에 앉아 『한여름 밤의 꿈』을 읽고 있었다. 엄마는 희곡을 좋아하는데, 그중에서도 특히 셰익스피어 작품을 즐겨 읽는다. 마리아는 외할머니와 함께 시내에 쇼핑하러 갔다.

"우리 귀염둥이, 잘 잤니?"

엄마가 책을 내려놓았다.

"빵집에서 초콜릿 크루아상을 커다란 봉지로 하나 가득 사 왔다. 네가 좋아하잖아. 아침을 먹은 뒤에 장 볼 게 아주 많아. 굶어죽지 않으려면 말이야."

엄마가 크루아상 한 개를 내 접시에 놓았다. 그걸 보고 있자니 입에 침이 고여왔다. 그러나 망설였다. 크루아상은 내가 알기로 정말 살찌는 음식인데……. 칼로리가 아주 높지?

그런데 칼로리가 도대체 뭘까? 어쨌든 과일은 칼로리가 거의 없지만, 스파게티는 높다. 그리고 버터를 바른 빵도 마가린을 바른 마른 빵보다 칼로리가 높고.

그런데 다이어트를 하는 사람은 하루에 몇 칼로리나 섭취해야 하지?

"왜 그러니?"

엄마가 손을 내 손 위에 얹었다.

"무슨 일이야?"

"아무것도 아니에요."

나는 한숨을 쉬며 대답하고, 크루아상이 놓인 접시를 옆으로 밀었다.

"피나, 왜 그래?"

엄마는 이마를 찡그리며, 나에게 올렸던 손을 거두어갔다.

"살을 조금 빼려고요."

나는 오렌지 주스를 한 잔 따랐다.

"오늘 아침에는 전혀 식욕이 없네요. 정말이에요."

엄마가 나를 바라보았다.

"세라피나, 넌 뚱뚱하지 않아. 말도 안 되는 날씬한 몸매의 이상형이라는 것에 누구나 100퍼센트 맞출 필요는 없어."

"엄마, 제발 그만해요!"

짜증이 났다.

"난 그저 살을 조금 빼려는 것뿐이에요. 그 정도는 할 수 있잖아요!"

그러고는 얼른 오렌지 주스를 마시고 부엌에서 나와 내 방으로 들어가, 만족스러운 기분으로 일기장에 적었다.

아침: 오렌지 주스 한 잔.

잠시 뒤에 초인종이 울렸다.

"피나, 널 찾아온 손님이야!"

엄마가 소리를 지르고는 내 방문을 열었다. 새로 생긴 이웃인 어네스티네였다.

"네가 돌아와서 참 좋다!"

어네스티네가 방으로 들어오며 말했다.

우리는 마주 보며 미소를 지었다. 어네스티네는 노란색과 주황색 줄무늬 패치워크 양탄자에 앉은 내 옆에 자리를 잡고, 창틀에 놓인 극락조화를 올려다보았다.

"미안해. 극락조화가 병든 모양이야."

어네스티네가 미안하다는 얼굴로 말했다.

"네가 말한 대로 물을 주었는데도 그러네……. 그래도 작고 귀여운 저 휘어진 나무는 건강해 보여서 다행이야."

나는 괜찮다고 대답하고, 독특한 두 화분을 기른 모세 이야기를 꺼냈다.

"모세는 어딘가 모르게 우스꽝스럽고 특이해."

이렇게 말하는 내 목소리가 내 귀에 들려왔다.

"검은 니켈 테 안경을 쓰고, 벼룩시장에서 산 낡고 이상한 옷을 입고 다녀. 사람들 주머니만 털려는 패션 산업을 거부하기 위해서래. 그런데 모세는 주식을 소유하고 있어. 걔 엄마가 선물한 거야. 그래서 늘 신문에서 주식 상황을 읽어. 그러고는 자기 엄마를 견인용 밧줄에 묶은 것처럼 잡아끌고 미친 듯이 은행으로 달려가서 주식을 사거나 팔고는, 자기 재산이 얼마인지 계산하곤 해."

어네스티네가 웃으며 얼굴에 붙은 머리카락을 흔들어 털어냈다. 어네스티네의 외모가 부럽다는 생각이 또 들었다.

"그리고 우린 같이 색소폰을 불어."

하지만 그것 말고도 모세와 나는 늘 함께 있다는 말은 하지 않았다. 서로 책을 읽어준다거나 뭐 그런 일들……. 왜 이야기를 하지 않았는지는 모르겠지만, 어쨌든 하지 않았다.

"너희 남자 친구와 여자 친구 사이야?"

어네스티네가 호기심 어린 표정으로 물었다.

나는 고개를 저었다.

"하지만 모세가 너를 좋아하는 것 같은데?"

어네스티네는 계속 캐물었다.

"아니야, 안 그래."

나는 얼른 대답했다.

"그 아이 어떻게 생겼어? 우디 앨런 같은 안경 빼고 말이야."

나는 입을 다물고 생각에 잠겼다. 모세의 키는 나와 비슷했고, 검은 머리카락은 항상 헝클어져 있었다. 초록색 눈에 긴 속눈썹은 위로 휘어 올라가 있었다. 사실 못생긴 얼굴은 아니었다. 하지만 모세도 나처럼 너무 뚱뚱하고 너무 둥글둥글했으며, 또 너무 굼떴다. 운동감각도 없었고, 멋있지도 않았다.

한숨이 나왔다.

"알았어. 어차피 곧 알게 될 테지."

어네스티네가 미소를 지으며 말했다.

"네가 여기에 살아서 참 좋다."

나는 미소로 답했다.

"나도 네가 여기로 이사 와서 참 좋다."

그러고는 프리츠를 만나게 되었다.

"잠깐 우리 집에 올라갈까?"

함께 시디 한 장을 듣고 한참 이야기를 나눈 뒤에 어네스티네가 물었다.

"프리츠 오빠가 어제 어디선가 미국 드라마 「앨리 맥빌」 비디오를 몽땅 가지고 와서는, 지금 거실 텔레비전 앞에 앉아서 시리즈를 하나씩 차례로 보고 있어. 오빠는 앨리 맥빌 역을 맡은 빼빼 마른 칼리스타 플록하트를 아주 좋아해. 물론 본인은 절대 인정하지 않지만."

"네 오빠 이름이 프리츠야?"

내 물음에 어네스티네가 고개를 끄덕이고 웃으며 말했다.

"내 이름보다 더 끔찍하지?"

우리는 함께 방을 나섰다.

"어네스티네 집에 가요."

엄마에게 말했다. 엄마는 아침 식사가 차려진 식탁에 그대로 앉아 책을 읽고 있다가 고개를 들고 물었다.

"언제 돌아오지?"

"점심때쯤."

난 확실하게 대답하지 않았다.

"그래. 볼로냐 스파게티를 산더미만큼 만들어야겠다."

엄마가 어네스티네를 바라보며 물었다.

"너도 같이 먹을래?"

어네스티네가 환하게 미소를 지으며 대답했다.

"예. 그런데 저는 고기는 먹지 않아요."

나는 그때 이미 현관문을 열고 있었다.

"너도 다이어트 하니?"

엄마가 놀란 목소리로 물었다.

"아니요. 우린 그냥 채식주의자예요. 오빠랑 저 말이에요."

그런 다음 우린 함께 위로 올라갔다.

"너희 엄마 참 친절하시다."

어네스티네 말에 나는 고개를 끄덕였다.

"그런데 다이어트는 무슨 말이야? 너 지금 다이어트 중이야?"

또 끄덕끄덕.

어네스티네는 내 머리부터 발끝까지 흘끗 살폈다.

"꼭 할 필요는 없을 것 않은데? 내 말은, 진짜 뚱뚱하지는 않다고……."

'진짜 뚱뚱하지는 않다…….'

나는 침을 꿀꺽 삼키고는 아무 대답도 하지 않았다.

프리츠를 만났다.

프리츠는 가구들이 이상하게 배치된 거실에 놓인 낡고 닳은 가죽 소파에 앉아 있었다. 우리가 들어가도 쳐다보지 않았다.

"오빠, 세라피나랑 같이 왔어. 우리 이웃이야."

"실내용 미니 세쿼이아를 기른다는 그 아이?"

프리츠가 묻고는 타코칩을 한 줌 가득 먹었다.

"응."

어네스티네가 해가 드는 마룻바닥에 앉았다.

나도 그 옆에 앉았다.

"안녕, 세쿼이아 이웃."

여전히 텔레비전을 뚫어지게 바라보며 프리츠가 말했다.

"안녕……."

나는 나지막하게 대답했다.

"내가 아까 말했지? 우리 오빠는 앨리 맥빌을 사랑해."

어네스티네도 타코칩을 한 줌 가득 집었다.

"너도 먹을래?"

나는 배가 상당히 고팠지만 고개를 저었다. 배 속에서 또 소리가 났다. 나는 둘이 듣지 못하기를 간절히 바랐다.

"그게 이성적이지. 이런 쓰레기는 어차피 건강에 좋지 않으니까."

어네스티네는 이렇게 말하며 다시 한 줌 가득 집어 들었다.

"내 점심 식사를 훔쳐 먹지 마."

프리츠가 칩을 씹으면서 불만이 가득한 목소리로 중얼거렸다.

나는 아무 말 없이 그냥 앉아 있었다. 너무 놀라서 마음이 납덩이처럼 무거웠다. 지금의 내 상태를 이해할 수 없어서 당황스러웠다. 소파에 앉아 꿈쩍도 하지 않는, 내게 눈길 한번 주지 않고 타코칩을 입에 쑤셔 넣고 있는 낯선 남자가 좋아지다니, 이런 일이 가능한 걸까? 게다가 옆모습과 살짝 구불거리는 곱슬머리밖에 보이지 않는데.

프리츠는 물이 빠진 검은색 티셔츠와 끝에 술이 달린 스케이트용 반바지를 입고 있었다. 맨발이었고, 햇볕에 그을린 가느다란 팔에는 힘줄이 튀어나와 있었다.

갑자기 모세가 떠올랐다. 어네스티네 오빠와 비교하면 모세는 너무 못생기고 보잘것없다는 생각이 들었다. 프리츠는 몇 살일까? 열여섯 또는 열일곱 살쯤으로 보였다.

한동안 아무도 입을 열지 않았다. 어네스티네가 콜라 한 병을 가지고 왔다. 프리츠는 가끔 타코칩 봉지에 팔을 뻗을 때만 몸을 움직였다. 우리 앞에 텔레비전이 켜져 있었지만 나는 내용을 거의 알아듣지 못했다. 그저 앞을 뚫어지게 바라보며, 프리츠 쪽으로 너무 자주 눈길을 주지 않으려고 애를 썼다. 무슨 일이 벌어졌는지 프리츠가 알면 안 되니까. 하지만 걱정할 필요가 없었다. 프리츠는 어차피 단 한 번도 나를 바라보지 않았다.

그러다가 어느 순간, 나는 이 상황을 더 이상 견딜 수 없었다.

"집에 잠깐 내려갔다가 올게."

내가 일어나자 무슨 일이냐는 듯이 쳐다보는 어네스티네에게 나지막하게 말했다.

어네스티네가 고개를 끄덕였다. 나는 집에 돌아와 침대에 누웠다. 정신을 차려보니, 나는 무슨 이유에서인지 울고 있었다. 아마 이제 어떻게 해야 할지 몰라서, 아니면 다른 이유에서 운 것이겠지. 어쨌든 나는 그런 감정이 있다는 사실에 너무도 놀랐다. 오늘 아침까지만 해도 그 사람의 존재조차 모르던 내가 아닌가. 더구나 나를 한 번 쳐다보지도 않는 사람에게 그런 감정을 느끼다니.

머리부터 발끝까지 전기가 통하는 느낌이었다.

'안녕, 세쿼이아 이웃.'

프리츠는 이렇게 말을 걸었다. 목소리도 멋있었다.

납처럼 무거운 마음으로 침대에서 일어나, 바깥을 내다보았다. 바람을 타고 날아드는 빗방울이 유리창에 부딪혔다. 나는 차가운 유리창에 기대어, 내가 정말 하찮은 사람이라는 생각을 했다.

어네스티네의 오빠는 나 같은 아이에게는 절대로, 절대로 관심을 보이지 않을 거야. 그런 남자는 절대로! 나에게 관심을 보이기에는 너무 잘생겼으니까. 너무 잘생기고 너무 자의식이 강해 보였으니까. 나는 프리츠가 관심을 보일 만한 여자애가 아니야. 그러기에는 너무 뚱뚱하고 굼뜬 데다가 자신감도 없어.

갑자기 나 자신에게 구역질이 났다.

그런데도 배가 고팠다.

내 다리는 뚱뚱하고 짤막했으며, 모양이 없었다. 무릎뼈도 제대로 드러나지 않았다.

엉덩이도 너무 뚱뚱했다. 배도 마찬가지였다.

왜 나는 마리아와 같은 외모가 아닐까? 왜 내 다리는 마리아처럼 길고 가늘지 않을까? 왜 내 얼굴은 마리아처럼 갸름하지 않을까? 왜 내 배는 마리아처럼 납작하고 완벽하지 않을까?

나는 괴물이야. 그랬다, 괴물이었다. 뚱뚱하고 굼뜬 괴물.

얼굴은 둥글고, 몸은 뚱뚱하고 여기저기 튀어나와 보기 흉한 괴물.

휴가지 프랑스에 있던 지난주부터 적게 먹고 있는데도.

"스파게티 더 먹을 사람?"

잠시 뒤에 엄마가 물었다.

"저요!"

마리아가 한 번 더 먹으려고 접시를 높이 들어 올리며 말했다.

"저도요."

다진 고기 대신 올리브유와 바질만 넣어 먹던 어네스티네가 말했다. 엄마는 아까 찬장에서 잣도 몇 알 찾아내어, 어네스티네가 먹게 식탁에 올려놓았다.

나는 스파게티를 아주 조금만 덜고, 고기 소스도 눈곱만큼만 얹었다.

"피나, 너 정말 심하구나."

엄마가 곧장 말했다. 이제 모두 식사를 끝냈다. 나만 빼고. 나는 무척 천천히 먹었다. 이렇게 먹으면 빨리 배가 불러올 것 같아서. 내 속에 있는 모든 것이 나더러 더 먹으라고 요구하고 있었다. 1인분 가득 먹고, 다시 더 먹고, 뺨이 불룩해지도록 음식을 가득 밀어 넣고 씹고 싶었다. 오늘처럼 배가 고팠던 적은 없었던 것 같았다.

'나는 괴물이야. 뚱뚱하고 굼뜬 괴물.

살을 빼야 해. 예뻐져야 해. 어네스티네처럼 되고 싶어. 어네스티네 오빠가 나를 좋아하도록.'

아직도 반쯤 남아 있는 냄비를 바라보며 마음을 가다듬었다. 내 접시에 놓인 요만큼만 먹고 더 이상은 먹지 않을 거야. 나는 말없이 맹세했다.

그리고 성공을 거두었다.

오후에 아버지가 돌아왔다.

"제노바에 너무 오래 있는 바람에……."

아버지가 낮은 목소리로 말하고는 우편물을 훑어보았다. 그런 다음 지난 삼 주 동안 혼자 회사를 지킨 파브리치오 아저씨와 한참이나 전화를 했다.

"짜증나는 일, 정말 짜증나는 일밖에 없군……."

통화를 끝낸 후 이렇게 중얼거리며 서류 몇 장을 꼼꼼하게 살폈다.

"아빠, 논나는 좀 어때요?"

나는 아버지를 바라보며 물었다. 뭔가 달라져 있었다. 아버지는 다른 때보다 더 불안하고 초조해 보였다. 눈빛이 이상하게 낯설었다. 한 번도 본 적이 없는 눈빛이었다. 하지만 무슨 일이 일어났는지 나 스스로는 절대 알아채지 못했을 것이다.

아버지는 고개를 들고 낮게 한숨을 쉬더니, 손가락으로 머리카락을 훑고나서 나지막하게 말했다.

"세라피나, 심각하단다. 할머니는 살 수도 없고, 돌아가실 수도 없어. 살아도 산 게 아니야. 할머니에게 너희들 이야기를 많이 했어. 내 말을 분명히 알아들었을 거야. 눈은 아직 예전과 똑같지만, 무척 슬퍼 보여. 「돈 조반니」를 가지고 갔는데, 시디플레이어를 켜니까 할머니가 눈물을 흘렸어……."

아버지는 침울한 표정으로 고개를 젓고는 더 이상 아무 말도 하지 않았다.

나는 우울하게 내 방으로 들어갔다.

어네스티네는 조금 전에 돌아갔다. 치과에 예약이 되어 있다고, 나중에 다시 들르겠다고 했다.

슈퍼마켓에 가서 다이어트 마가린 한 통을 샀다. 마른 빵 한 봉지와 저지방 우유 1리터도.

집에 돌아와 보니, 현관문 앞에서 기다리고 있던 마리아가 나를 잡았다.

"엄마랑 아빠가 싸웠어."

마리아 얼굴에 눈물 자국이 남아 있었다.

"엄마는 화가 너무 많이 나서 문을 쾅쾅 닫았어. 아빠가 뭔가 고백하자, 엄마는 그냥 나가버렸어."

"아빠는 어디 계셔?"

내가 물었다. 집 안은 아주 조용했다.

"엄마를 따라 달려 나갔어."

마리아가 콧물을 훌쩍 들이마시며 어깨를 으쓱했다. 우리는 함께 거실로 들어갔다.

"하지만 엄마는 택시를 잡아타고 갔어. 창문으로 다 봤어. 엄마가 차에 오르려는 걸 아빠가 막으려고 했지만 엄마는 아빠 뺨을 치는 것 같았어. 그러고는 가버렸어……."

우리는 발코니에 앉았다. 나는 초콜릿을 먹는 마리아를 바라보았다.

머릿속이 빙빙 돌았다. 끔찍할 정도로 배가 고팠고, 지금 우리 집 위에 있을 프리츠가 계속 생각났다. 부모님의 싸움도 신경 쓰였다. 도대체 무슨 일이 벌어진 걸까?

아버지가 두고 나간 휴대폰이 거실 탁자 위에 놓여 있었다. 가끔 전화벨이 울렸다. 작은 액정 화면에 '파브리치오'가 세 번 나타났지만, '익명 전화'라는 표시가 그보다 훨씬 더 자주 떴다. 어느 순간 더 이상 견딜 수 없어, 그 익명 전화를 받았다.

"세라피나 조르다노예요."

말을 하는데, 심장이 두근거렸다.

전화는 바로 끊어졌다. 그 뒤로 아버지의 휴대폰은 더 이상 울리지 않았다.

이른 저녁, 집 전화벨이 울렸다. 모세였다.

"달링, 나 아직 아일랜드에 있어. 내일 집에 도착할 거야. 네가 돌아왔는지 알고 싶어서 그냥 전화했어."

멀리 있는 위성―지금 아일랜드와 독일을 연결하고 있는―을 타고 고르지 못한 소리가 웅웅거렸다.

"응, 돌아왔어."

대답을 하는데 프리츠가 생각났다. 프리츠가 이렇게 그냥 전화를 한다면 얼마나 반가울까.

"좋아. 피나, 내일 저녁때면 만날 수 있어."

모세가 만족스럽다는 듯이 아일랜드에서 소리쳤다.

"보고 싶어 죽겠다!"

그러고는 갑자기 전화가 끊어졌다. 모세가 끊은 건가?

부모님보다 어네스티네가 먼저 왔다.

"이쁘리 치료, 반쯤 죽을 뻔……."

어네스티네는 또렷하지 않은 발음으로 중얼거리며 얼굴을 찡그리다가, 배낭에서 뭔가 꺼냈다.

"자, 대기실에 놓여 있던 천박한 여성 잡지에서 너 주려고 찢어 왔어."

뺨에 손을 대고는 우물거리며 이렇게 말했다.

"칼로리 도표랑 목록이야. 살을 빼고 싶을 때 먹어도 되는 것과 안 되는 음식들의 목록."

어네스티네는 잡지에서 찢은 것을 내 손에 쥐어주고는, 침대로 가 뒤로 벌렁 쓰러져 눈을 감고 신음했다.

"아야, 아야, 아야."

나는 호기심에 칼로리 도표로 시선을 돌렸다.

세상에, 작은 머핀 한 개가 450칼로리라니! 코코아 한 잔도 131칼로리! 하지만 허브 차 한 잔은 겨우 1칼로리였다.

코코아 한 잔을 마시면 허브차 131잔을 마신 것과 맞먹는 칼로리를 섭취한다는 뜻이잖아!

바로 그다음 순간 나는 깜짝 놀라 소리를 질렀다.

"어머나, 마른 빵도 칼로리가 무진장 높아! 세 개에 135칼로리네!"

다음 쪽을 읽었다.

"굴라시 수프 1인분이랑 비슷해!"

"이런 치료를 받고나면 어차피 아무것도 못 먹어."

어네스티네는 여전히 눈을 감은 채 불평했다.

"페스토를 얹은 스파게티 1인분은 토마토소스를 얹은 스파게티 네 접시와 칼로리가 똑같아!"

나는 종이를 책상 제일 위 서랍에 넣었다.

"우리 집에 잠깐 들를래?"

어네스티네가 집으로 돌아가기 전에 물었지만, 나는 얼른 고개를 저었다. 살이 빠진 다음에나 프리츠를 볼 생각이었다.

도표를 외웠다.

젤리 한 봉지는 아이스크림 네 덩이와 같았다.

흰 빵에 각종 재료를 넣은 경단 한 개는 북대서양대구 2인분.

생선 튀김 한 조각은 닭 가슴살 세 덩이.

감자튀김 작은 봉지 하나는 감자 다섯 개.

초콜릿 두 판은 마른 빵 한 봉지.

부모님은 아버지 차를 함께 타고 저녁때 돌아오셨다. 엄마
는 여전히 흥분한 상태였다. 혼란스럽고 화가 난 표정이었다.
아버지는 지치고 창백해 보였으며, 머리카락이 헝클어져 있
었다.

처음에는 둘 다 아무 말이 없었다. 부모님은 숨 막히는 침
묵 속에서 저녁 식사와 마리아와 나, 기타 모든 것을 잊고 있
었다. 심지어 회사에 문제가 생겨 파브리치오 아저씨가 전화
를 걸었을 때도 아버지는 귀찮다는 듯이 말을 막았다.

그러다가 다시 싸움이 계속되었다.

"조르지오 조르다노, 당신이 문에 들어설 때 이미 알아봤
어!"

엄마가 소리를 지르며 식탁에 놓여 있던 회사 서류들을 휙

쓸어내리자, 아버지가 중얼거렸다.

"아만다, 제발……."

"당신 시선 때문이었지. 난 그런 시선 잘 알고 있어!"

엄마가 말을 멈추었다. 우는 소리가 들려왔다.

"아까도 저랬어……."

마리아가 내 방에 와서 말했다.

"안젤레타! 당신 엄마의 암소랑 똑같은 이름이란 말이지!"

엄마가 거실에서 소리쳤다.

"조르지오, 창피한 줄도 모르고!"

"아만다, 제발!"

아버지가 소리쳤다. 다른 말은 할 수 없는 모양이었다.

"다시 화해하실 거야."

마리아에게 이렇게 말하고나니, 내가 갑자기 어른이 된 기분이었다.

"오늘 언니 방에서 자도 돼?"

마리아가 물었다. 내가 고개를 끄덕이자 마리아는 자기 방에서 매트리스를 가지고 왔다. 부모님은 아까 거실 문을 닫았기 때문에 아무것도 보지 못했다.

나는 일기장에 '저녁: 아무것도 안 먹음!'이라고 써넣었다.

마리아가 이미 오래 전에 잠들고 거실에서도 더 이상 아무 소리가 들리지 않자, 나는 어둠 속에서 검사하듯이 배에 손을 올려보았다.

말랐네! 확실해. 내일 체중을 재봐야지. 부모님 침실에 엄마의 체중계가 있었다.

나는 어둠 속에서 만족스럽게 미소를 짓고, 꼬르륵거리는 배를 안고 잠이 들었다. 하지만 꼬르륵거리는 배는 적이 아니라 친구라는 생각이 처음으로 들었다.

한밤중에 다시 잠에서 깼다. 엄마가 침실에서 소리를 지르고 있었다.

"꼴 보기 싫어!"

엄마가 소리치자 아버지도 같이 소리를 질렀다.

"아만다, 이제 그만해!"

"우리가 어떻게 만났는지 기억해? 해변에서 함께 보낸 오후는? 당신 여동생 장례식은? 당신 부모님 댁 정원에서 보낸 우리 첫날밤은? 세라피나를 임신했을 때, 로마의 비알레 델 몬테 오피오에서 임신 테스트 기구를 같이 샀던 일은 기억하냐고!"

엄마가 소리쳤고, 아버지도 맞받아서 고함을 질렀다.

"당연히 모두 기억하지! 아, 정말이지 미치겠네!"

"그런데 이게 뭐야! 조르지오, 무슨 이유로! 도대체 왜!"

"미안하다고!"

아버지가 소리쳤다.

"도대체 몇 번이나 더 미안하다고 해야 하지?"

"나도 몰라!"

엄마가 맞받아쳤다.

잠깐 동안 둘은 아무 말이 없었다. 그러다가 엄마가 다시 소리를 질렀다.

"도대체 어떤 여자야? 암소랑 똑같이 안젤레타라고? 어떻게 생겼지? 몇 살이야? 어디서 만났어? 나보다 나은 게 뭐야?"

"아만다, 이제 소리 좀 그만 질러!"

아버지가 고함을 질렀다.

"제발 진정하라고!"

몇 블록 떨어져 있는 교회 탑의 시계가 3시를 알렸다. 이웃들이 어떻게 생각할까?

"어떻게 진정할 수 있어? 한번 말해봐."

"이제 모두 정리할 거란 말이야!"

아버지의 고함에 엄마는 믿지 못하겠다고, 그렇게 웃기는 말에는 웃음밖에 안 나온다며 목소리를 높였다. 그러고는 아주 크게 한참 동안 웃었는데, 즐거운 웃음이 아니라 슬프고 화난 웃음이었다.

나는 놀라고 혼란스러운 마음으로 침대에 그대로 누워 있었다. 아버지가 엄마를 배신했다! 그건 확실했다. 아버지는 다른 여자와 키스했고, 어쩌면 같이 잤을지도 모른다. 분명히 잤겠지.

한참 뒤에 드디어 엄마가 웃음을 그치자, 사방은 아주 조용해졌다. 몇 초 뒤에 침실 방문이 살짝 열리고 누군가 조용히 복도와 내 방 앞을 지나 거실로 가는 소리가 들렸다. 이불이 바스락거렸다.

나는 어둠 속에서 허공을 뚫어지게 노려보며, 동생의 고른 숨소리에 귀를 기울였다. 어쩌면 이런 소란 속에서 한 번 깨지도 않을까. 하지만 원래 그랬다. 마리아는 대재난이 벌어져도 모르고 항상 잠을 잤고, 나는 이런 재난에서 단 한 번도 도망치지 못했다.

3시 반을 치는 소리가 들렸다. 그다음에는 4시. 나는 정신이 말똥한 채 누워 있었다. 배가 조용하고 아늑하게 꼬르륵거렸다. 배가 조금만 고프다는 사실을 확인하자 마음이 놓였다. 왜 그런지는 모르지만, 지난주처럼 괴롭고 끈질기고 끔찍한 공복은 사라졌다.

내 생각은 다시 부모님께로, 아버지에게로 옮겨 갔다. 아버지는 왜 원래 계획보다 이탈리아에 일주일 더 있었을까? 도대체 제노바에는 왜 갔을까? 안젤레타라는 여자 때문에? 아버지는 '왜' 그랬을까? 그 여자가 엄마보다 젊고 매력적이고 재미있었을까?

엄마는 너무 뚱뚱하고 볼품없었다. 눈에 띄지 않게 계속 조금씩 살이 쪘고, 이제는 무척 뚱뚱해졌다.

나도 그랬다. 나 역시 눈에 띄지 않게 계속 살이 쪘다. 그래서 너무 뚱뚱해지고 또 뚱뚱해졌다.

외할머니도 뚱뚱했다.

또 누가 뚱뚱하지?

모세.

모세가 낙제를 한 이후, 우리 반에는 뚱뚱한 학생이 나밖에 없었다.

하지만 생물 선생님과 종교 과목 선생님도 뚱뚱했다.

그리고 우리 집배원은 뚱뚱한 정도를 넘어 완전히 심각한 비만이었다. 우리 집이 있는 거리로 터덜터덜 올라올 때면 언제나 땀 냄새가 났다. 땀이 관자놀이 고랑을 타고 흘러내렸다.

갑자기 체육 시간이 떠올랐다.

"세라피나, 어떻게 좀 해봐!"

체육 과목을 담당하는 마크 선생님이 자주 하는 말이었다.

나는 뜀틀, 링과 트램펄린, 철봉과 평균대를 증오했다. 봄에 열리는 거창한 운동회도 싫었다.

"세라피나, 힘을 좀 쓰란 말이야. 넌 밀가루 포대가 아니잖아!"

마크 선생님은 이렇게 고함을 치고는 내가 얼마나 높이, 얼마나 멀리 뛰는지 측정했다.

선생님은 정말 밀가루 포대라고 말했다. 다른 아이들이 모두 보는 앞에서.

"신경 쓰지 마."

모세가 나중에 나에게 말했다.

"반 년 전에 우리 엄마가 저 선생님 이혼 소송을 맡았어. 남편이 선생님을 심하게 학대했대."

모세는 내 기운을 북돋워주려는 듯 히죽 웃으며 말했다.

자기 남편에게서 학대를 받았더라도 나를 이렇게 학대해서는 안 되는 거 아냐? 여전히 속이 상해서 이렇게 생각했지만, 겉으로 말하지는 않았다. 그저 기분이 나빴다. 점심때 모세와 함께 아이스크림 가게에 가서 거대한 아이스크림 케이크 한 판을 주문했다.

나는 그다음과 다음다음 체육 시간에, 머리가 아파 참석할 수 없다고 선생님에게 말했다.

"넌 너무 게을러."

마크 선생님은 마땅찮은 눈빛으로 내 머리부터 발끝까지 훑어보았다.

"세라피나, 넌 좀 더 움직여야 해. 그러면 혈액순환이 좋아져서 두통도 뜸해질 거야."

선생님은 마르고 매력적이었으며 날렵했다. 나는 아무 말도 하지 않고 서 있다가 탈의실로 돌아왔다.

탈의실에는 거울이 무척 많았다. 보고 싶지 않았다. 화를 내며 샤워 수도꼭지 세 개를 모두 끝까지 돌려, 뜨거운 물이 내뿜는 수증기로 끔찍한 거울들이 모두 뿌예지게 만들었다. 그날 오후에 모세와 함께 은행에 갔다. 모세가 자기 주식을 판다고 은행에 같이 가자고 했기 때문이다. 거기까지 가는 길에, 보도에 늘어서 있는 진열창들에 내 모습이 비치지 않도록 조심했다.

그러나 내 모습은 곳곳에 비쳤다. 뚱뚱하고 굼뜬, 보고 싶지 않은 세라피나 조르지오는 어디에나 있었다. 절대 보고 싶지 않은 그 아이가.

모세는 이런 내 기분을 전혀 눈치 채지 못하는 것 같았다. 기분 좋은 표정으로 내 옆에서 터덜터덜 걸으면서, 낮고 만족스러운 목소리로 중얼중얼 계산을 했다.

"시뇨리나 세라피나, 나 오늘 수익이 좋을 것 같아."

모세는 이렇게 말하고는, 스파게티 모양의 아이스크림을 사주었다. 그때는 그런 제안을 거절하지 않았다.

하지만 이제는 모든 것이 달라졌다.

"아빠가 어제 거실에서 주무셨어."

아침에 마리아가 말했다. 미세한 먼지 알갱이가 내 방을 비

추는 햇빛 속을 날아다녔다. 아름다운 풍경이었다. 부모님의
싸움과 제노바 여자는 잊고 싶었다.

깨기 직전에 어네스티네의 오빠 꿈을 꾸었다. 프리츠는 나
에게 미소를 지으며, 길고 가느다란 갈색 팔을 나에게 얹고는
자기 이마를 내 이마에 댔다.

"안녕, 세쿼이아 이웃. 난 네가 좋아!"

프리츠가 꿈에서 말했다.

그때 마리아의 목소리가 들렸다.

"언니, 내 말 들었어?"

"응."

내 안에 아직 남아 있는 좋은 느낌을 망치고 싶지 않아 짤
막하게 대답했다.

마리아는 욕실로 가고, 나는 침대에 그대로 누워 있었다.
부엌에서 달그락거리는 그릇 소리가 들려왔다. 부모님은 둘
다 '아침형 인간'이었다. 둘 중에 누가 아침 식탁을 차리고 있
을까? 커피와 계란 프라이 냄새가 풍겨왔다. 도대체 왜 아침
부터 기름진 음식을 지글거리지?

"피나, 아침 먹자!"

잠시 뒤에 엄마가 소리쳤다. 나는 아주 천천히 자리에서 일
어났다. 욕실로 가면서 문이 열려 있는 부모님 침실 앞을 지
나갔다. 이부자리는 이미 정리되어 있었다. 아버지 이불이 엄

마 이불 옆에 놓여 있었다. 아무런 문제도 없다는 듯이, 오늘 새벽의 고함 소리는 존재하지도 않았다는 듯이. 나는 조용한 침실로 후다닥 뛰어 들어가 문을 닫았다. 침대 아래에 엄마가 사용하는 체중계가 있었다. 그 체중계를 꺼내 조심스럽게 올라섰다. 붉은 디지털 숫자가 나타나자 심장이 벌렁거렸다. 63 킬로그램이었다.

이 주 전보다 3킬로그램이나 줄었네!

만족스러운 기분으로 체중계를 제자리로 밀어 넣었다. 살 빼기는 정말 쉽구나. 왜 진작 안 했을까? 그런데 왜 사람들은 살 빼기가 너무 어렵다고 하는 것일까? 왜 잡지마다 새로운 다이어트 방법들로 넘쳐나는 걸까? 그저 조금 참고, 생각 없이 아무거나 입에 쑤셔 넣지만 않으면 되는데.

인생은 아름다워! 아니, 적어도 지금부터는 아름다워질 거야. 이제 더 이상 밀가루 포대가 되지 않을래. 도약하지 못하고 뜀틀에 걸리는, 무력하고 굼뜬 밀가루 포대는 그만 사양할래.

어네스티네처럼, 그리고 우리 반의 다른 여자애들처럼 날씬해질 거야!

"저리 꺼져, 이 얼간이!"

우리가 독일로 온 첫해 겨울, 베네딕트가 이따금 나에게 했던 말이다.

체육 시간에 팀 경기를 하느라 편을 가를 때면 나는 늘 끝까지 남아 있었다.

"빌어먹을, 저 불도그가 우리 편이 되었잖아!"

제일 마지막에 어쩔 수 없이 나를 떠안게 된 아이들이 소곤
거리며 하는 말이었다.

그러다가 모세가 우리 반으로 전학을 오자, 루치에가 키라
에게 속삭였다.

"고깃덩이가 하나 더 나타났네……."

나는 확실하게 들었지만, 아무 말도 하지 않았다. 우리 담임
인 슈미트 선생님은 왜 저런 아이들을 그냥 내버려둘까? 긁힌
자국이 많은 내 책상을 노려보며, 나는 선생님을 미워했다.

"신경 쓰지 마."

몇 주 뒤에 모세가 말했다.

오후에 운동장에서 요나가 나를 밀치며 "저리 비켜, 뚱뚱
한 돼지야!"라고 소리친 날이었다.

또 나는 우리 반 여자아이들 중에 제일 먼저 유방이 생겼
다. 베네딕트와 요나는 쉬는 시간에 칠판에 나를 그렸다. 비
뚤비뚤한 거대한 원에 커다랗고 둥근 유방 두 개가 붙어 있는
모습이었다. 그 아래 "세라피나, 기적의 젖퉁이"라고 적혀 있
었다.

종교 과목 선생님―그 선생님도 뚱뚱했다―은 고개를 저
으며 젖은 스펀지로 그림을 지웠다.

"세상에는 이런 사람들이 있다. 뚱뚱한 사람과 마른 사람, 백인과 흑인, 시끄러운 사람과 조용한 사람, 용감한 사람과 겁쟁이, 눈이 파란 사람과 갈색인 사람……."

그러더니 잠깐 말을 멈추고 우리를 바라보았다.

"그리고 현명한 사람과 멍청한 사람도 있지."

진지한 표정으로 이렇게 덧붙였지만 별다른 방도를 더 취하지는 않고 다른 이야기로 넘어갔다.

그러자 요나가 내 쪽을 보며 소곤거렸다.

"뚱뚱한 괴물도 여기저기 있고 말이지."

요나 주변에 앉아 있던 아이들이 소리를 죽이고 낄낄거렸다.

부엌에는 엄마와 동생뿐이었다. 아버지는 벌써 출근한 뒤였다.

피곤하고 슬퍼 보이는 엄마는 아무 말 없이 계란 프라이를 먹고 있었다. 마리아도 네 잎 클로버 모양의 계란 프라이를 먹는 중이었다. 마리아가 먹는 계란 프라이는 언제나 네 잎 클로버 모양이었다.

모세가 암스테르담에 여행 갔다가 사 온 프라이팬이었다. 나에게는 하트 모양의 프라이팬을 사다주었다.

"언니, 하트 계란 프라이 먹을래?"

내가 부엌으로 가자 마리아가 물었다.

나는 고개를 젓고는 마른 빵에 마가린을 펴 바른 다음, 그 위에 얇은 치즈 조각을 올렸다.

"새로 이사 온 남학생이 마당에서 자전거를 고치고 있던데?"

마리아가 나를 건너다보며 말했다.

"어네스티네 오빠 말이야."

심장박동이 빨라지는 게 느껴졌다. 하지만 나에게 지금 무슨 일이 벌어지고 있는지 들키면 절대 안 돼!

엄마가 갑자기 크게 한숨을 내쉬었다.

"내가 없어도 며칠쯤 견딜 수 있겠지?"

엄마는 이렇게 물으며 처음에 마리아를, 그다음엔 나를 바라보았다.

"왜요?"

마리아가 물었다.

"마틸다에게 가려고."

마틸다는 엄마 동생이었다. 이모는 베를린에 사는데, 어리고 시끄럽고 다루기 힘든 쌍둥이를 혼자 기르고 있었다.

"며칠 동안 생각 좀 해야겠어. 알겠니?"

엄마는 자리에서 일어나, 유리창에 이마를 대고 바깥을 내다보았다.

나는 고개를 끄덕였다. 엄마는 당연히 베를린으로 가도 되니까.

마리아도 고개를 끄덕이고 엄마에게 물었다.

"그런 다음에는 아빠랑 화해할 거죠?"

엄마는 그 말에 대답하지 않고, 부엌에서 나가 짐을 꾸리기 시작했다. 나는 내 방으로 돌아와 아침에 뭘 먹었는지 적었다.

잠시 뒤 초인종이 울렸다. 어네스티네였다. 저녁에 모세가 올 때까지 어네스티네는 우리 집에 그대로 있었다.

모세는 아일랜드로 가기 전보다 주근깨가 더 늘어나 있었다. 이미 너무 많아서 더 생기지 않을 줄 알았는데……. 낡고 무릎이 나온 가죽 니커보커스와 아주 헐렁하고 알록달록한 패치워크 조끼를 입고 있었다. 늘 그렇듯이, 유쾌해 보이는 초록색 눈이 작고 검은 니켈 테 안경 뒤에서 반짝였다.

왼쪽 어깨에는 학교 다닐 때도 늘 가지고 다니는 낡은 군대식 배낭을 메고 있었다. 모세는 그 배낭이 예전에 체 게바라가 메던 것이라고 했다. 어쨌든 베를린 벼룩시장에서 그 배낭을 팔던 남자는 자기 목숨을 걸어도 좋다고, 정말이라고 했단다.

"세라피나 조르다노!"

모세는 주근깨가 흩뿌려진 둥근 얼굴 한가득 미소를 띠고 말했다.

"우와, 널 다시 보게 되어 정말……."

그러다가 갑자기 말을 멈추고 나를 자세히 바라보았다.

"내가 착각하는 건가? 너 수척해진 것 같다."

모세는 검사하듯 내 주변을 한 바퀴 돌았다.

"그냥 다이어트 중이야."

우리는 어네스티네가 시디를 구경하고 있는 내 방으로 갔다.

"어, 손님이 있네……."

모세가 당황하여 중얼거렸다. 우리 집에 왔을 때 손님이 있던 적은 이번이 정말 처음이었다.

"어네스티네야. 몇 주 전부터 우리 위층에 살아."

나는 갑자기 조금 긴장했다.

"그리고 이쪽은 내가 말했던 모세."

어네스티네에게 모세를 소개하고, 나는 다시 침대에 앉았다.

모세가 어네스티네를 바라보았다. 나는 모세가 나와 둘만 있기를 바란다는 것을 알 수 있었다.

어네스티네도 모세를 바라보았다. 어네스티네가 모세를 어떻게 생각할지 궁금했다. 나는 불안한 심정으로 모세를 건너다보았다. 모세는 여행 가 있는 동안 더 뚱뚱해진 것 같았다. 얼굴이 공처럼 둥글었고, 그곳 날씨가 좋지 않다고 문자 메시지로 계속 불평하긴 했지만 그래도 약간 햇볕에 탄 모습이었다.

모세는 창틀에 놓인 세쿼이아와 작은 극락조화를 바라보

왔다.

"극락조화가 약간 병들었어."

나는 뭔가 말을 해야 할 것 같아서 입을 열었다.

"그렇군."

모세는 다른 말은 하지 않았다. 무슨 일이지? 왜 갑자기 저렇게 입이 무거워진 거야?

"너희 아버지는 어떻게 지내셔? 아일랜드 여자 친구는?"

"깨졌어. 마릴린에게는 아빠 말고도 데이비드, 마이크, 퀸틴, 존이라는 남자 친구가 있더라. 그래서 아버지 마음이 찢어졌지. 며칠 동안 슬픔에 젖어 위스키를 벌컥벌컥 마셨어⋯⋯."

모세는 어깨를 으쓱했다.

"지금은 마릴린과의 추억을 예술로 바꾸어, 그 여자에 관한 시를 수천 개나 쓰고 있어."

내 방은 다시 침묵에 잠겼다.

"너 그런데 옷이 왜 그렇게 웃겨?"

나는 내 질문이 미처 끝나기도 전에, 이 말이 무척 불쾌하게 들리고 잘못된 질문이라는 걸 깨달았다. 하지만 모세가 너무 이상하게 보여서 갑자기 어네스티네에게 창피했다. 뚱뚱하고 주근깨투성이인 데다가, 옷을 독특하게 차려입고 안경까지 쓴 한 마리 양처럼 보였으니까.

"더블린 벼룩시장에서 산……."

모세는 이렇게 중얼거리더니, 기분이 상한 표정으로 나를 바라보았다. 우리 사이에 갑자기 깊은 골짜기나 눈에 보이지 않는 벽이 생긴 느낌이었다. 우리가 알고 지낸 이후 처음으로.

"체 게바라 배낭에는 뭐가 들어 있어?"

나는 벽을 허물어보려고 조금 노력했다. 모세와 나 사이에 도대체 무슨 일이 벌어진 걸까?

방학 전까지는 모든 것이 정상이었다. 왜 나는 모세와의 재회를 기뻐하지 못하지? 왜 갑자기 모세가 어디론가 사라지기를 바라는 걸까?

"아 참, 내가……."

모세는 뭔가로 가득 찬 낡은 배낭으로 손을 뻗었다. 바로 그 순간 현관 초인종이 울렸다. 모세는 손을 멈추고, 무슨 일이냐는 표정으로 나를 바라보았다. 마리아가 문을 여는 소리가 들려왔다.

"혹시 내 동생 여기 왔어?"

프리츠 목소리가 들리는 순간, 나는 숨이 멎었다. 모세가 그런 나를 눈치챘다. 아니면 나 혼자 그렇게 느꼈던 걸까.

프리츠가 마리아를 따라 내 방으로 왔다.

"너 또 여기 있구나."

프리츠는 이렇게 말하고는 어네스티네와 나를 번갈아 보

았다. 그가 나를 정면으로 본 것은 지금이 처음이었다.

"세쿼이아 이웃에게 아주 찰싹 달라붙었군."

목소리가 싹싹하고 재미있었으며, 친근하게 들렸다.

그러고는 우리 옆에 앉았다. 묻지도 않고 그냥.

그러자 모세가 자리에서 일어났다.

"어…… 세라피나. 나 이제 가야 해. 할 일이 너무 많아……."

모세가 내 쪽을 보며 중얼거리고는, 배낭을 들어 내용물을
침대에 쏟았다.

형태가 일정하지 않은 큰 돌덩이 몇 개, 몇 백 년 동안 물속
에 있었던 것처럼 보이는 이상하게 비틀린 나무뿌리 하나, 알
록달록 반짝이는 조약돌들로 만든 목걸이, 양철 뮤직 박스, 그
리고 수없이 많은 다른 물건들이 침대보 위로 곤두박질쳤다.

"세라피나, 선물이야."

모세가 말했다.

"아일랜드에서 가져왔어. 하지만 사실 모두 쓰레기야. 그
냥 버려도 돼……."

그러고는 가버렸다.

"저건 또 웬 이상한 물건이야? 안경까지 썼네."

프리츠가 이렇게 묻고는, 나에게 히죽 웃어 보였다.

"누구냐면……."

나는 대답을 하다 말고 멈추었다. 무슨 말을 해야 할지 알

수 없었다. 프리츠의 눈길 때문에 심장이 쿵쿵 뛰었다.

몇 분 뒤에 내 휴대폰이 삑삑거렸다. 모세에게서 온 문자 메시지였다.

> 네 아버지가 집 앞에 앉아서 허공을 뚫어지게 바라보고 계셔.
> 기쁜 표정과는 무진장 거리가 있는 얼굴이네. 네가 혹시 관심이
> 있을지 몰라서. 모세.

잠시 후에 또 문자가 왔다.

> 너 무척 달라 보였어. 날 보고서도 기뻐하지 않더라. 세라피나,
> 세라피나, 세라피나.

나는 모세가 왜 내 이름을 세 번이나 썼는지 몰랐다. 아니, 알고 싶지 않았다.

아버지도 내 머릿속에서 몰아냈다. 잘못을 저지른 건 아버지니까. 지금은 아버지를 도울 시간이 없잖아.

우리 셋은 '세틀러 오브 카탄'이라는 보드게임을 했다.

나는 이 상황이 현실로 느껴지지 않았다.

프리츠는 우리 셋 중에 가장 긴 교역로를 지었다. 동시에 주사위를 잡으려다가 프리츠와 내 손가락이 서로 닿았다.

나는 내 손가락을 바라보았다. 어네스티네의 오빠를 향한

마음 때문에 잠시 머리가 어지러웠다.

프리츠 옆에 아주 가까이 있고 싶었다.

방금 닿았던 손가락 끝으로 프리츠의 몸을 만지고 얼굴을 쓰다듬는 상상을 했다.

아주 조심스럽게 키스하고, 프리츠의 머리카락을 쥐고 싶었다.

하지만 물론 말도 안 되는 소리였다. 정신을 차려야 했다. 나는 뚱뚱하고 하찮은 아이니까.

"세라피나, 네 차례야!"

어네스티네가 내 손에 주사위를 쥐어주며 말했다.

나는 고개를 끄덕이고 얼른 주사위를 던졌다.

얼마 지나지 않아 아버지가 돌아왔다.

"엄마는?"

집 안을 빙 둘러본 아버지가 물었다.

정말, 완전히 깜박 잊고 있었네!

"베를린 마틸다 이모에게 갔어요."

내 대답에 아버지는 당황하고 놀라, 손가락으로 머리카락을 훑었다.

"어, 이런…… 흠, 어쩔 수 없지. 너희들 어때? 배고파? 피자 먹을까?"

우리가 고개를 끄덕이자, 아버지는 엄청난 양의 피자를 주문했다.

피자를 먹는 동안 아버지 휴대폰이 두 번 울렸다.

첫 번째는 엄마에게서 온 전화였다. 아버지가 하는 말에서 알 수 있었다.

"아만다, 얼른 돌아와. 나 원 세상에, 미안하다고!"

두 번째는 제노바 여자인 듯했다. 병든 이탈리아 할머니의 암소와 똑같은, 안젤레타라는 이름의 여자. 그 여자일 거라는 것도 아버지가 하는 말을 듣고 짐작했다.

"더 이상 전화하지 마. 부탁이야."

아버지가 나지막하게 말했다.

"이제는 만날 수 없다고 이미 말했잖아."

아버지는 이탈리아어로 말했지만, 알아들을 수 있었다.

나는 야채 피자를 어네스티네와 나누어 먹었다. 프리츠는 원래 엄마 자리인 내 건너편에 앉아 있었다. 내가 프리츠를 바라보자, 프리츠 역시 내 눈을 정면으로 바라보았다.

왜 나는 이런 몸에 갇혀 있는 걸까?

'나는 뚱뚱한 얼간이, 불도그. 고깃덩이, 뚱뚱한 돼지, 기적의 젖퉁이, 뚱뚱한 괴물……'

나는 얼른 고개를 돌렸다. 심장박동이 온몸에서 느껴지고, 몸이 뜨거웠다 차가웠다를 반복했다.

적어도 55킬로그램이 될 때까지는 다이어트를 계속해야지. 속으로 맹세했다.

겨우 8킬로그램만 남았다. 할 수 있는 양이었다. 이 주 만에 3킬로그램을 빼는 데 성공하지 않았던가.

내가 조심스럽게 고개를 들었을 때, 프리츠는 이미 고개를 돌려 다른 곳을 보고 있었다.

프리츠와 어네스티네와 마리아는 웃고 떠들었지만, 아버지와 나는 조용히 생각에 잠겨 있었다.

머리는 다른 곳에 가 있었다. 우리 둘 모두…….

6

고기는 건강한 식품이 아니고, 뚱뚱해지게 만든다.

일기장에 적었다. 어네스티네가 한 말이었다. 나는 이제부
터 고기를 먹지 않기로 결심했다.

엄마는 여전히 베를린에 있었다.

"잘 지내니?"

엄마가 전화로 물었다. 시끄럽던 밤이 지난 다음 날 아침에
부엌 유리창에 이마를 기대고 있을 때만큼 슬픈 목소리는 아
니었지만, 그렇다고 즐겁게 들리지도 않았다.

"예."

내 대답에 엄마가 다시 물었다.

"모세는 뭐 해? 아일랜드에서 돌아왔어?"

"예."

"그래서 둘이 뭐 하면서 지내?"

수화기 저편에서 어린 쌍둥이 사촌들이 고함을 지르며 소란을 피우는 소리가 들려왔다.

"별로 하는 일 없이……."

나는 모세가 아일랜드에서 가지고 와서는 우리 집에서 나가기 전에 내 침대에 쏟아놓은 물건들을 떠올렸다. 그때 이후로 만나지는 못했지만, 모세는 매일 문자 메시지를 여러 통씩 보냈다.

"아빠가 너희를 잘 보살펴주니?"

모세 생각에 잠겨 있는데 엄마가 다시 물었다.

나는 세 번째로 "예"라고 대답했다.

"직접 요리를 해줄 때도 있어? 아니면 매번 외식을 해?"

"이럴 때도 있고, 저럴 때도 있고……."

불분명하게 대답했다.

엄마는 잠깐 동안 아무 말도 없다가, 나지막하게 물었다.

"아빠가 이따금…… 이탈리아로 전화하니?"

"아니요!"

나는 얼른 대답했다.

"내가 아는 한, 아니에요."

그 외에는 할 말이 별로 없었다.

"엄마가 전화했어?"

아버지는 회사에서 돌아오면 매일 저녁 물었다. 마리아도, 나도 고개를 끄덕였다.

"나한테는 전화하지 않아."

그렇게 중얼거리는 아버지는 불안한 표정이었다. 긴장하고, 슬프고, 어쩔 줄 몰라하는 표정.

왜 답장이 없어?

모세가 문자 메시지를 보냈다.

도대체 무슨 일이야???

넌 살을 빼고, 너를 '세쿼이아 이웃'이라고 부르던 그 자식을 최면에 걸린 것처럼 내내 바라봤어.

그건 그렇고, 세쿼이아는 원래 내 것이라고! **세쿼이아 이웃**, 그 사실을 잊지 마!

세라피나, 널 증오해!

아니야, 말도 안 돼. 증오하지 않아!

나는 단 한 번도 답장하지 않았다. 점점 체중이 줄었다. 매일 조금씩.

"같이 수영 갈래?"

어네스티네가 방학 마지막 주에 물었다.

오늘 저녁에 엄마가 베를린에서 돌아온다고 했는데…….

"글쎄……."

나는 프랑스에서 보낸 날들, 너무 작았던 터키옥색 비키니를 떠올리고 망설이며 대답했다.

"그런데 먼저 비키니를 새로 사야 해."

어네스티네가 말했다.

"같이 가서 고르는 것 좀 도와줄래?"

우린 함께 시내로 갔다. 어네스티네는 비키니를 하나씩 차례로 입어보았다.

"들어와도 돼!"

어네스티네가 칸막이 커튼 사이로 고개를 내밀고 미소를 지으며 말했다. 내 앞에서 전혀 부끄러워하지 않고 옷을 갈아입었다. 나는 아름답고 자그마한 어네스티네의 가슴을 무안한 마음으로 흘깃 엿보았다. 내 가슴이 저렇게 예뻐지는 일은 결코 없겠지. 확실해. 어네스티네는 허리도 아주 잘록했고, 배도 단단하고 납작했다.

"이거로 할래."

어네스티네가 거울에 몸을 비춰보며 말했다. 몸에 딱 붙는 검은색 비키니를 입고 있었다.

"어때? 네가 보기에도 좋아?"

나는 고개를 끄덕였다. 어네스티네는 나에게도 새 비키니를 사라고 말했다.

"얼른! 내가 거들어줄게."

어네스티네는 옷을 금방 갈아입고는 바깥으로 나가, 비키니가 걸려 있는 회전 진열대를 돌렸다.

"66사이즈야?"

어네스티네가 소리쳤다. 그 아이 사이즈는 44였다.

작년에 입었지만 이제는 너무 작아진 터키옥색 비키니가 66사이즈였다. 어네스티네는 내가 뭐라고 대꾸할 틈도 없이 비키니 세 개를 골라 칸막이로 돌아왔다.

"자, 얼른 옷 벗어!"

어네스티네가 명령하듯 말했다.

나는 숨을 깊이 들이마셨다. 어네스티네 앞에서 옷을 벗기란 불가능했다. 하지만 어떻게 된 일인지 벗는 데 성공했다. 나는 떨리는 손가락으로 어네스티네가 건네주는 비키니를 받아 입었다.

"우와, 잘 어울린다!"

어네스티네가 거울 속에서 미소를 띠며 말했다. 나는 아무 말도 못 하고 그냥 선 채, 거울에 비친 내 모습을 조심스럽게 살펴보았다. 나는 내 눈을 들여다보고, 부드러운 내 배를 양

손으로 쓸었다. 평온한 느낌이 몸 안에 퍼졌다.

나는 이제 더 이상 끔찍해 보이지 않았다. 괴물도, 불도그도, 뚱뚱한 돼지도 아니었다. 똑바로 몸을 펴고 서면 그다지 뚱뚱하게 보이지 않았다. 물론 어네스티네처럼 날씬해지려면 아직 멀었지만 배 주위의 불룩한 살덩이는 사라졌고, 허리도 약간 들어간 듯했다. 어쨌든 잘록한 허리가 될 떡잎은 보였다.

성공했네. 정말 날씬해질 수 있어! 희망이 생겼다. 수평선에 나타난 희망의 빛……

나는 숨을 깊이 들이마셨다. 진심으로 기뻤다.

"넌 머리카락 색깔도 정말 밝고 아름다워. 얼굴도 예쁘고."

어네스티네가 두 번째 비키니를 내밀며 말했다.

"이것도 입어볼래? 아니면 지금 입은 걸 살래? 내 생각에는 지금 입고 있는 게 초록색 네 눈동자와 아주 잘 어울리는 것 같아."

나는 초록색 비키니로 결정했다. 여왕이 된 듯한 기분이었다.

바로 그 순간, 모세에게서 문자 메시지가 왔다.

브루노랑 너희 집 앞에 와 있어. 집에 없구나. 유감스럽네. 너랑 푸들이랑 숲에 가려고 했는데. 난 언제나 널 생각하고 있어……

나는 급히 문자를 지웠다. 그러고는 오후에 어네스티네와 함께 수영장에 갔다.

우리는 숨이 턱에 찰 때까지 물속에서 펄펄 뛰놀았다. 이따금 긴장하여 내 몸을 살폈다. 다른 아이들보다 더 뚱뚱한가?

어네스티네는 정말 날씬했고, 그렇게 가냘픈 여자아이들이 무척 많았다. 하지만 나보다 더 뚱뚱한 아이들도 상당히 많았다.

우리는 햇볕이 잘 드는 곳에 수영 타월을 펼쳤다. 나는 조심스럽게 배를 깔고 엎드려, 손으로 턱을 괴었다. 햇살이 등에 따뜻하게 내리쬐었다. 하늘이 파랬다.

"우리 감자튀김 먹을까?"

어네스티네가 물었다.

"배고파 죽겠어……."

나도 그래. 하지만 입 밖으로 내뱉지는 않았다. 고개를 저으며 "배 안 고파"라고 중얼거렸다.

"그럴 리가!"

어네스티네가 자리에서 벌떡 일어났다.

"정말이야."

어네스티네가 나를 바라보았다.

"너 정말 의지가 대단하구나."

그러고는 매점으로 가서, 감자튀김 큰 사이즈를 사 왔다.

"하나를 다 먹기 힘들어서 그런다면 내 걸 먹어도 돼."

어네스티네가 말했다.

하지만 나는 꼼짝도 하지 않았다. 그냥 그 자리에 누워 눈을 감고, 끈질기게 몰려오는 허기를 몰아내려 했다.

주변 공기에서 감자튀김 냄새가 났다.

저녁에 엄마가 돌아왔다.

"너 살이 정말 많이 빠졌구나!"

엄마가 문을 들어서며 나에게 한 첫말이었다. 그러고는 놀란 표정으로 머리부터 발끝까지 나를 살폈다.

"나도 베를린에서 다이어트를 시작했단다. 상상이 되니?"

나는 고개를 끄덕이고 엄마를 살펴보았다. 아직 눈에 띄게 살이 빠진 것 같지는 않았지만, 이 주 전보다 더 단단한 표정이었고 훨씬 유쾌해 보였다.

"그리고 나와 내 인생에 대해 아주 많이 생각해보았지."

엄마가 말을 이으며, 베를린에서 산 재즈 음반을 시디플레이어에 넣었다. 우리는 알록달록한 거실 소파에 앉았다. 마리아와 아버지는 아직 바깥에 있었다. 잠깐이나마 엄마와 단둘이 있다는 느낌이 좋았다.

"난 지난 몇 년 동안 너무 스스로를 돌보지 않았어."

엄마가 팔짱을 끼며 말했다.

"늘 직업학교 수업, 그리고 수업이 끝나면 회사 회계에만 신경을 썼지. 그러니 당연히 코뿔소처럼 무겁고 굼뜨게 되었어. 예전에는 아주 다른 외모였는데."

눈이 마주치자 엄마가 미소를 지으며 말을 이었다.

"새 언어를 하나 배우기로 했어. 일본어를 배우려고 해. 일본에 언제나 관심이 있었어. 어쩌면 일이 년 뒤에 일본에 갈지도 모르지. 모두 함께 말이야."

"아빠와 화해하겠다는 뜻이에요?"

엄마는 잠깐 아무 말 없이 앞을 바라보다가 고개를 끄덕였고, 나는 안도의 숨을 내쉬었다.

모세 부모님은 이혼했다. 어네스티네 부모님도. 마틸다 이모도 쌍둥이의 아버지와 헤어졌다. 우리 부모님이 다시 한 번 시도를 해본다니, 정말 기쁜 일이었다.

엄마와 아버지는 정말 그렇게 했다. 이따금 함께 극장에 가고, 공연 뒤에는 이탈리아 레스토랑에도 갔다. 그리고 일주일에 한 번 '이탈리아의 밤'을 정해, 이탈리아어만 사용하기로 했다. 아버지는 일본어를 배워 말하는 엄마에게 귀를 기울였고, 다이어트 효과가 나타나 기뻐하는 엄마와 함께 기뻐했다.

제노바 여자에 관해서는 아무도 입을 열지 않았다.

내 체중은 계속 줄었다.

"나의 세 여신!"

아버지는 우리를 보며 이탈리아어로 말했다. 나를 '미아 밤볼라 도로'라고, '내 금빛 인형'이라고 불렀다. 학기가 시작되었다. 내 몸무게는 62킬로그램이 되었다.

아침 식탁에서 마가린이 사라졌다.

"버터가 몸에 더 좋아."

엄마가 말했다.

"아침은 황제처럼, 점심은 왕처럼, 저녁은 거지처럼 먹어야 해."

외할머니가 우리를 방문했을 때 한 말이었다.

우리 부모님은 이제 나도 어네스티네처럼 채식주의자라는 사실을 받아들였다.

어네스티네는 유감스럽게도 나와 다른 학교에 다녔다. 5학년 때 영어 대신 라틴어를 시작하는 학교였다. 어네스티네와 프리츠는 아침마다 자전거를 타고 옆 동네에 있는 김나지움 독일의 인문계 중등학교으로 갔다.

"너도 자전거로 통학해봐."

어네스티네가 조언했다.

"버스 요금도 아끼고, 몸도 날씬하게 유지할 수 있고……."

하지만 나는 몸을 날씬하게 '유지'하는 게 아니라 '날씬해져야' 했다. 다른 모든 운동과 마찬가지로 자전거 타기도 칼로리를 연소한다는 글을 읽은 적이 있다.

어네스티네는 프리츠의 자전거를 물려받았다며, 자기가 쓰던 산악자전거를 나에게 빌려주었다. 프리츠는 새 자전거를 샀다고 한다.

그때까지 나와 모세는 항상 함께 버스를 타고 다녔다. 나는 모세보다 세 정류장 앞에서 탔고, 모세는 중앙역 정류장에서 탔다.

개학하던 날, 나는 잔뜩 긴장한 채 대로를 달렸다. 이곳은 다행스럽게도 자전거도로가 따로 있었다. 그다음에는 언덕길이었다. 조금만 비탈이 졌을 뿐인데도 숨이 턱에 차고 땀이 줄줄 흘러내렸다. 8월 말이었다. 아침부터 더웠다. 알프스를 넘는 덥고 건조한 푄 바람처럼 무더운 바람이 차량들로 붐비는 거리 위로 불어왔다.

거기 모세가 서서, 내가 탄 버스가 오기를 기다리고 있었다. 나는 페달을 밟으며 모세가 나에게 보낸 수많은 문자 메시지를, 답장을 보내지 않은 그 메시지들을 떠올렸다.

모세는 커다란 흰 티셔츠 위에, 얼마 전에 입었던 알록달록한 패치워크 조끼를 걸치고 있었다. 사막의 낙타 몰이꾼이 입을 법한 헐렁한 바지를 입고, 양쪽 색깔이 다른 운동화를 신고 있었다. 파란색과 노란색이었다. 모세는 뚱뚱하고, 정신이 이상한 것 같고, 우울해 보였다. 왼쪽 어깨에 체 게바라 배낭이 걸려 있었다.

모세 옆에서 브레이크를 밟았다. 모세가 놀라 나를 바라보았다.

"어, 자전거를……."

모세는 말을 멈추고 눈썹을 치켜세웠다.

"새로운 사실이 또 하나 늘었군, 시뇨리나 세라피나. 굶기만 하는 게 아니라 건방진 스포츠 스타 같은 애를 마비된 듯 뚫어져라 쳐다보더니, 이제는 오래전부터 해오던 좋은 습관도 내던졌네……."

바로 그 순간, 평소대로라면 내가 타고 있을 버스가 왔다.

"자, 그럼. 또 보게 되겠지."

모세가 이렇게 말하고는 버스에 올랐다. 문이 닫히기 전, 모세는 기묘한 시선을 한 번 더 던졌다.

다시 학교로 향하면서, 나는 금방이라도 휴대폰이 삑삑 울리며 모세의 화난 문자 메시지가 도착하리라고 생각했다. 그러나 그런 일은 일어나지 않았다. 깜박 잊고 휴대폰을 집에 두고 온 줄 알았다. 하지만 그것도 아니었다. 학교에 도착해서 책가방을 뒤져보니 휴대폰이 금방 나왔다. 액정 화면은 비어 있었다. 모세는 문자를 보내지 않은 것이다.

시간이 지나도 문자는 오지 않았다.

오후에 색소폰 교습을 받으러 간다. 모세는 여전히 화가 나 있을까? 뭐라고 해야 하지?

학교는 모든 게 예전 그대로였다. 내가 살이 빠졌다는 것, 이제 서서히 뚱뚱한 괴물을 벗어나고 있다는 사실을 아무도 알아채지 못했다.

그러나 나를 놀리는 사람 역시 아무도 없었다. 게다가 나는 이제 더 이상 책상에 혼자 앉지 않게 되었다. 담임선생님은 수학 천재 코르넬리우스를 내 옆에 앉혔다. 코르넬리우스는 어디에 앉든 상관하지 않았다. 방해받지 않고 수업만 따라갈 수 있다면…….

색소폰 선생님 방 앞에 가서 초인종을 누르려는데, 문이 안쪽에서 열렸다.

"이제부터는 우리끼리 해야 한다."

크누트 선생님이 말했다. 나를 기다렸던 모양이다.

나는 무슨 말인지 몰라 선생님을 바라보았다.

"흠, 조금 전에 모세가 전화해서 이제 더 이상 오지 않겠다고 하더군. 그냥 그 말뿐이었어."

믿을 수 없었다.

하지만 그와 동시에, 왜 그런지 알 수는 없었지만 마음 깊은 곳에서 약간 안심이 되기도 했다. 아마 모세는 내 '예전 세계' 친구였기 때문이 아닐까. 어네스티네와 프리츠는 새로운 세계 사람들이고.

그다음 주말, 극락조화가 시들어버린 것을 발견했다.

내가 물 주는 걸 깜빡했나보다. 그러나 세쿼이아에는 계속 물을 주고 있었다. 세쿼이아는 새로운 세계에 속했으니까. 프리츠가 그 나무를 좋아하고, 나를 '세쿼이아 이웃'이라고 불렀으니까.

그러니까 정말로 작은 극락조화에 물 주는 걸 잊은 건 아니었다. 게다가 두 화분은 창틀에 나란히 놓여 있지 않은가.

시들어버린 작은 극락조화를 음식물 쓰레기통에 버렸다. 1킬로그램이 더 빠졌다.

7

배고픈 느낌이 또 나타났다. 이번에는 다시 적대적인 느낌의 허기였다. 배가 고팠다, 배가 고팠다, 언제나 배가 고팠다.

"너 또 마가린을 식탁에 내놓았구나."

아침이면 엄마는 이따금 이렇게 말하고는, 마가린 통을 냉장고에 도로 집어넣었다. 그래서 할 수 없이 버터를 먹어야 했다. 대신 최대한 얇게 펴 발랐다.

"세라피나, 다이어트를 너무 심하게 하면 안 돼."

엄마는 치즈 접시를 내 앞으로 밀며 명령하듯 말했다. 나는 가장 얇아 보이는 햄 조각을 찾아 빵 위에 얹었다.

코코아는 이미 몇 주 전부터 마시지 않고 대신 허브차를 마셨다. 허브차 한 잔은 겨우 1칼로리라고 했으니까. 이제 또 버터를 먹어야 한다는 게 짜증스러웠다. 그래서 아침을 먹은 뒤에 자전거를 타고 등교하는 것이 좋았다. 힘겹게 페달을 밟았지만 즐거웠다. 흐르는 땀은 내 몸이 칼로리를 연소한다는 뜻이고, 날씬해지고 매력적이 된다는 의미니까. 버스를 타지 않은 이후로 모세는 며칠 동안 만나지 못했다. 쉬는 시간에 운동장에서도 보이지 않았다.

날씨가 아주 조금씩 서늘해졌다. 학교에 가거나 색소폰 교습을 받으러 집을 나설 때 프리츠를 만나지 않도록 조심했다.

외모 때문에 창피해하지 않아도 될 때까지는 프리츠를 만나고 싶지 않았다.

9월 1일, 몸무게는 처음으로 60킬로그램 이하로 내려갔다. 체중계의 붉은 숫자가 눈앞에서 의기양양하게 춤을 추었다. 59.6킬로그램. 믿을 수 없었다. 6킬로그램 넘게 빠졌다!

이날 오후 집에 돌아왔을 때, 끔찍할 정도로 배가 고팠다. 체육 시간에 지구력 훈련을 했기 때문이다.

"세라피나, 아주 잘하고 있어!"

마크 선생님이 소리쳤다. 나는 다른 여자아이들보다 훨씬 오래 버텼다. 나중에 탈의실에서 아이들이 샌드위치와 빵, 초콜릿 바 등을 꺼내 들었다. 게다가 키라는 콜라 한 병, 루치에는 달콤한 차를 담은 보온병도 가지고 왔다.

"오늘 수업은 정말 말도 안 되는 고문이었어."

키라가 짜증난다는 듯이 말하고, 콜라를 한 모금 크게 꿀꺽 마셨다.

내가 마지막으로 콜라를 마신 게 언제였더라? 프랑스에서 지낼 때가 아마 마지막이었을 것이다. 그러니까 방학 초기, 살을 빼기로 마음먹기 전의 일이었다.

콜라 한 병은 90칼로리였다. 오로지 설탕만 들어 있는, 구역질나는 음료……

"피나, 너도 한 모금 마실래?"

바로 그 순간 키라가 물었다. 내가 최면에 걸린 듯 내내 자기를 바라보는 걸 알아챈 모양이었다.

나는 얼른 고개를 젓고, 여자 화장실에 가서 갈증이 가실 때까지 수돗물을 마셨다. 차갑게 쏟아지는 물을 마시니 꼬르륵거리던 배도 조용해졌다. 엄마가 싸준 빵은 1교시가 끝난 뒤에 이미 쓰레기통에 던져버렸다.

자전거를 타고 집에 돌아오는데, 오싹할 정도로 배가 꼬르륵거렸다.

엄마는 하필이면 오늘 라자냐를 요리했다. 계단에서 이미 그 냄새를 맡을 수 있었다. 라자냐는 내가 어릴 때부터 제일 좋아하는 요리였다. 이탈리아에 살 때 논나는 나를 위해 매주 라자냐를 요리했다. 크림을 넣은 따뜻한 토마토소스와 치즈, 이탈리아 향료를 넣고 구운 라자냐. 입에 침이 고였다.

"엄마, 학교 다녀왔어요."

집에 들어서자 심장이 세차게 뛰었다. 너무 배가 고파 갑자기 어지러울 지경이었다.

"피나, 나 오늘 아침에 체중을 재보니 3킬로그램이나 줄었더라!"

엄마가 부엌에서 소리를 지르며 손을 흔들었다.

거실에서 시끄러운 이탈리아 노래가 들려왔다.

"그러니 축하를 해야지. 안 그래?"

나도 모르게 얼굴이 찌푸려졌다.

"그런 일은 생크림과 지방과 치즈가 넘치는 파스타보다는 칼로리가 적고 아삭한 샐러드로 축하해야 하는 거 아니에요?"

말하고나니 기분이 더 우울해졌다.

"무슨 소리야? 세라피나, 너 라자냐 좋아하잖아."

엄마가 식탁을 차리며 말했다.

나는 아무 말도 하지 않았다.

그랬다. 라자냐를 좋아했다. 그리고 배도 고팠다. 하지만 나는 여전히 너무 뚱뚱하고 너무 굼떴다. 그러니 이를 악물고 참아야 했다. 굳게 결심하지 않았던가.

"샐러드도 있어. 걱정하지 마."

엄마가 의기양양한 표정으로 샐러드 그릇을 식탁으로 날랐다.

"구운 파스타는 조금만 먹고, 샐러드를 많이 먹으면 되잖아."

나는 신경이 곤두선 채 그냥 서 있었다. 음식 냄새를 맡으니 몸에 힘이 빠졌다. 아주, 아주 천천히 식탁으로 다가갔다.

샐러드만 먹어야지. 그래, 샐러드만 먹을 거야.

"얼른 앉아. 우리 먼저 먹자. 마리아는 또 어딘가를 헤매고 다니는 모양이다. 아빠는 늦게 오신대. 방금 전화가 왔어. 교통 체증 때문에 차가 길에 서 있다는구나."

나는 갑자기 마음먹은 대로 되지 않으리라는 것을 깨달았다. 식탁에 앉으면 처음에는 샐러드만 먹겠지만, 결국에는 라자냐를 포기하지 못할 것 같았다. 너무 허기가 져서 갑자기 배가 심하게 아팠다.

일단 앉으면 라자냐를 먹게 될 거야. 확실해.

그래서 얼른 입을 열었다.

"아니에요. 집에 오면서 키라랑 루치에랑 같이 야채 햄버거를 먹었어요. 지금 배가 완전히 꽉 찼어요. 마지막 두 시간이 체육이었거든요. 그러고나니 너무 배가 고파서……."

엄마는 미심쩍다는 듯이 나를 바라보았다. 나는 얼른 내 방으로 도망쳤다. 지쳐서 침대에 주저앉았다. 배가 고파 몸이 떨리는 것 같았다. 몇 분 뒤에 마리아가 집에 돌아왔다. 나는 즐겁게 떠드는 마리아의 목소리에 귀를 기울였다. 그릇들이 달그락거리는 소리가 들려왔다. 갑자기 마리아가 미웠다. 왜 마리아는 라자냐와 구운 감자, 스테이크와 감자튀김, 햄버거와 초콜릿 크림을 바른 빵과 케이크, 초콜릿과 코코아를 쑤셔 넣는데도 말랐지? 왜 나는 벌써 몇 주 전부터 거의 아무것도 먹지 않는데 여전히 마리아보다 뚱뚱할까?

아버지가 돌아왔다. 거실에서 아버지 웃음소리가 들렸다. 엄마도 웃었다. 마리아도. 접시 달그락거리는 소리가 다시 들려왔다. 나는 화가 나서 자리에서 벌떡 일어났다. 그러고는 살금살금 부엌으로 가서 미네랄워터 한 병을 꺼내 내 방으로 돌아왔다.

한 모금씩 천천히 마셔 병을 비웠다. 배에서 다시 꾸르륵거리는 소리가 들리고, 몸이 약간 떨렸다. 그래도 배는 꽉 찬 느낌이었다. 배고픈 느낌은 사라졌다. 어쨌든 잠깐 동안은……

점심: 미네랄워터 한 병.

일기에 적었다. 내가 쓴 글을 몇 분 동안 뚫어지게 내려다보았다. 기분이 좋았다. 성과를 거두었으니까. 나 스스로를 이겼으니까. 나 자신과 내 몸을 이기는 일이 점점 더 쉬워졌다.

원하는 몸무게에 도달하면 먹는 양을 다시 조금씩 늘려야지. 그때가 되면 가끔 라자냐를 먹어도 될 거야.

하지만 아직은 아니야. 아직 너무 일러. 나는 지쳐서 침대로 기어 들어갔고, 거의 바로 잠이 들었다.

문 두드리는 소리에 잠이 깼다.

"언니, 전화 받아!"

마리아가 소리치며 무선전화기를 가지고 들어왔다.

"어네스티네야?"

내 물음에 마리아가 고개를 저으며, "모세 엄마……"라고 속삭이고는 전화를 내밀었다.

"여보세요?"

나는 깜짝 놀라서 입을 열었다. 모세 엄마가 나에게 전화한 적은 한 번도 없는데 무슨 일이지?

"세라피나?"

에반젤리스타 아주머니가 말했다. 내가 모세를 찾아갈 때 거의 언제나 집에 없던 바쁜 변호사.

"예."

"모세 때문에 걱정이 많단다."

에반젤리스타 아주머니가 쏜살같이 말을 시작했다.

나는 기절할 듯이 놀랐다. 모세에게 무슨 일이 생긴 건가?

"요즘 계속 수업을 빼먹고, 그냥 게으르게 뒹굴기만 해. 색소폰도 하지 않고. 지금 주식을 모두 팔겠다며 은행에 갔어……."

할 말이 없었다. 모세가 왜 그럴까?

"세라피나, 너희들 왜 만나지 않아? 둘이 싸웠어? 모세는 아무 말도 하지 않는구나."

모세…….

프리츠…….

뚱뚱하고 이상한 모세.

나를 '세쿼이아 이웃'이라고 부르는 프리츠.

머릿속이 빙빙 돌았다.

"아니요. 싸우지 않았어요. 싸운 건 아니에요."

이렇게 말하는 내 목소리가 들렸다. 가느다란 목소리였다. 모세가 아일랜드에서 가지고 온 선물들, 내가 잘 살펴보지도 않고 옷장 제일 아래 서랍에 넣어버린 그 물건들이 떠올랐다.

"제가…… 그러니까, 제가……."

뭔가 말을 하려고 했지만 적당한 단어를 찾을 수 없었다. 나는 모세를 더 이상 보고 싶지 않았다. 모세와 함께 달고 기름진 도넛과 프랑크푸르트 소시지와 스파게티 모양의 아이스크림을 먹고, 지루한 주식 상황을 들어주고, 작고 무진장 늙은 푸들과 함께 셋이 숲 속을 돌아다니던 세라피나는 더 이상 존재하지 않았다. 프리츠가 모세를 내 친구라고 생각하는 게 싫었다. 다른 아이들이 나를 뚱뚱하고 굼뜨고 괴상한 모세와 연관 짓는 게 싫었다.

그때 현관 초인종이 울렸다.

"언니, 모세야!"

마리아가 소리쳤다.

"아주머니, 지금 막 모세가 왔어요."

나는 짜증스러운 목소리로 말하고 얼른 전화를 끊었다. 머릿속이 빙빙 돌았다. 기습 공격을 당하고 무리한 부담을 지게 된 듯한 느낌이었다.

모세가 눈앞에 나타났다.

모세는 예전에 뚱뚱한 게 아니었구나! 이제야말로 정말로 뚱뚱하네! 놀랄 만큼 살이 쪄 있었다. 모세는 반쯤은 다정하고 반쯤은 쌀쌀맞은 이상한 눈빛으로 나를 바라보았다.

"안녕……."

나는 조심스럽게 입을 열었다.

"물어볼 게 있어."

모세가 성큼성큼 내 방으로 들어왔다. 나는 침대에서 벌떡 일어났다. 우리는 한동안 말없이 마주 보고 서 있었다.

"세라피나, 우리 아직 친구야? 그걸 꼭 알고 싶어……."

모세의 질문이 우리 사이에서 숨을 죽이고 있었다. 어쨌든 나에게는 그렇게 느껴졌다.

나는 아무 말도 하지 않았다.

"뭐가 되었든 말 좀 해봐."

몇 초 뒤에 모세가 말했다.

"난……."

나는 입을 열었다가 다시 다물었다.

"그래, 알았어."

모세가 말했다. 검은 니켈 테 안경 뒤의 초록색 눈동자가 나를 슬프게 바라보았다. 아니, 적대적인 눈빛이었나? 아니면 뭔가 전혀 다른 눈빛이었을까.

모세는 갑자기 몸을 돌려, 창틀에 놓인 작은 세쿼이아를 집어 들었다.

"나한테 선물한 거잖아."

내가 나지막하게 말했다.

"그래, 하지만 이제 다시 가져갈래."

모세는 이렇게 말하고 나가버렸다.

방이 너무 조용했다. 바깥에서 노을이 살금살금 내 창문으로 다가왔다. 어네스티네는 학교 친구 집에 가고 없었다. 외로웠다. 프리츠는 지금 어디 있을까? 집에 있나? 배가 시끄럽게 꼬르륵거렸다. 저녁 먹을 시간이었다. 부모님은 친구 집에 가셨고, 마리아는 외할머니와 함께 시내에 나갔다가 할머니 댁에서 자고 온다고 했다.

그래서 그냥 사과만 한 알 먹고, 아픈 배를 달래려고 허브

차를 한 주전자 마셨다.

저녁: 사과 한 알.

이렇게 써넣은 다음 텔레비전을 시청했다. 학교 공부는 하기 싫었고, 뭔가 다른 것을 하기에는 너무 신경이 날카롭고 산만했다. 한동안 책을 읽으려고도 해보았지만 집중할 수 없었다. 정신을 차리고보니 계속 똑같은 문장을 읽고 있었다.

텔레비전을 볼 때는 광고가 쉴 새 없이 등장하는 민영방송은 피했다. 대부분 음식 광고였으니까.

그레이비 소스, 흰 빵에 각종 재료를 넣은 경단, 파스타 요리, 작은 소시지, 스테이크, 요구르트, 푸딩, 응유 치즈, 초콜릿 바, 사탕, 감자 퓌레, 삶아 으깬 시금치 요리.

그런 음식들을 보고 싶지 않았다.

그 대신 일 년 안에 체중을 70킬로그램이나 줄인 어떤 여자가 나온 토크쇼를 보았다. 그 여자는 내 체중이 한 번도 나가본 적이 없는 무게를 감량한 것이다! 토크쇼에 나와 앉아 있는 그녀는 행복해 보였고, 매력적이고 날씬했다.

"아주 힘든 일은 아니었어요."

옛날 사진이 비춰지자, 그녀는 약간 당황한 듯이 멋쩍게 웃었다. 사진 속에는 뚱뚱하고 못생긴 여자가 서글픈 시선으로 카메라를 응시하고 있었다.

"그저 식생활만 완전히 바꿨어요."

뚱뚱했다가 날씬해진 여자가 말했다.

"그리고 오후 5시 이후에는 아무것도 먹지 않는다는 원칙을 철저하게 지켰어요."

나는 이 조언을 기억해두었다.

일은 한밤중에 터졌다. 나는 뭔가 아름다운 꿈을 꾸다가 잠에서 깼었다. 꿈은 순식간에 사라졌다. 왜 깼을까.

배고픔.

배가 고팠다.

소름 끼치게 끔찍한, 물어뜯는 듯한 허기.

배가 고통스럽게 꼬르륵거렸다. 힘이 하나도 없었다.

일어날 수밖에 없었다. 자리에서 일어나 부엌으로 가야 했다. 냉장고 문을 열고 들여다보아야 했다.

깊고, 어둡고, 적막한 밤이었다. 집 안에서는 아무 소리도 들리지 않았다. 나 혼자만 부엌에 있었다. 내 발자국 소리와 숨소리, 배가 꼬르륵거리는 소리와 심장박동뿐이었다.

손가락이 떨렸다. 라자냐가 많이 남아 있었고, 초콜릿 생크림 푸딩도 있었다. 이탈리아 훈제 햄과 큰 소시지도.

나는 생각의 스위치를 꺼버렸다.

나중에 침대에 누워 소리 죽여 울었다. 무슨 일이 있었는지, 내가 무슨 짓을 했는지 일기장에 적지도 않았다.

다음 날 아침, 체중을 잴 용기가 나지 않았다.

"배가 안 고파요. 머리가 아파서요."

엄마에게 조용히 말하고는 차만 약간 마셨다. 조금씩 천천히, 조심스럽게. 그런 다음 늘 그렇듯이 자전거를 타고 학교로 향했다.

다리가 떨렸다. 배가 꽉 차서 금방이라도 터질 듯한 느낌이었다. 그런데도 너무 심하게 배가 고팠다.

지난밤에 그런 짓을 했는데도 어떻게 또 배가 고플 수 있을까?

대로를 벗어나 샛길로 접어드는 사거리에 약국이 하나 있었다.

'양배추 수프로 체중 감량!'

약국 진열창에 붙은 커다란 초록색 광고지가 눈에 들어왔다.

자전거 브레이크를 밟았다. '허기가 사라집니다! 지방이 사라집니다!'라는 문장이 그 아래 적혀 있었다. '편한 인생! 비만과의 전쟁에서 결정적인 성과! 날씬해지는 캡슐을 드세요. 새 사람이 됩니다!'

약국 문은 아직 닫혀 있었다. 나는 생각에 잠겨 페달을 밟으며 약국을 지나갔다.

점심때 외할머니가 와서 팬케이크를 만들었다.

"이렇게 기름진 음식은 더 이상 안 먹는다니까요!"

나는 짜증스럽게 말하고는 사과 소스만 조금 먹었다.

오후에는 어네스티네와 함께 시내로 가기로 했는데, 어네스티네가 전화로 약속을 취소했다.

"지금 우리 반 친구 레아네 집에 있어. 내일 라틴어 시험이 있어서 같이 공부하느라고."

어네스티네가 미안해하는 목소리로 말했다.

"화내지 마. 시내에는 다음에 같이 가자, 응?"

"그래."

실망하여 수화기를 내려놓았다.

내 방 벽에 색소폰이 기대서 있었다. 색소폰을 꺼내 나지막하게 불었지만, 같은 곳을 계속 틀리게 연주했다. 내가 연주한 곡은 유대인의 전통음악인 클레츠머였다. 구슬픈 노래를 연주하다보니 갑자기 나도 슬퍼졌다. 창틀이 비어 있었다. 작은 극락조화도, 귀엽게 휜 세쿼이아도 이제 없었다. 생각하기 싫었는데도 모세의 '같이 이탈리아로 가는 시기 표시'가 떠올랐다.

그것 역시 사라졌다. 모세와 내가 로마로 가서, 침묵하고 있는 병든 우리 할머니를 방문하는 일은 이제 없을 테니까.

그때 휴대폰이 울렸다.

"세라피나, 지금…… 와줄 수 있어?"

모세가 더듬거리며 물었다.

"브루노 때문에 그래. 갑자기 병이 났어. 죽을 모양이야. 빌어먹을……."

브루노. 작고 괴짜 같은, 아주 많이 늙은 개.

"그래, 갈게."

이렇게 대답하는 내 목소리가 내 귀에 들렸다.

"고마워."

모세가 대답했다.

하지만 상황은 다르게 전개되었다. 재킷을 입고 현관문을 막 닫는데, 눈앞에 갑자기 프리츠가 나타났다.

"세라피나, 안녕?"

프리츠가 말했다. 마치 세쿼이아가 사라진 것을 알기라도 하듯, 처음으로 내 이름을 불렀다. 그러고는 내 눈을 똑바로 바라보았다.

"안녕……."

나는 나지막하게 대답했다. 심장이 두근거렸다. 프리츠가 나를 보는 게 싫었다. 아직 살이 충분히 빠지지 않았으니까.

"어디 가?"

이런 내 생각을 전혀 모르는 프리츠가 물었다. 밝은 갈색 눈동자는 꿀이나 호박석처럼 보였고, 두 눈 사이의 거리가 특이할 만큼 멀었다. 또 주근깨도 눈에 띄었다. 하지만 모세처럼 수천 개가 아니라 콧등과 눈 아래에 몇 개만 있어서 보기 좋았다.

"난⋯⋯."

대답이 잘 나오지 않았다. 모세 이름을 댈 수는 없었다. 모세의 늙은 개, 잘 무는 푸들은 말할 나위도 없었고.

"시간 좀 있어?"

예상치 못한 프리츠의 물음에 나는 거의 자동적으로 고개를 끄덕였다.

그렇게 해서 모세가 죽어가는 브루노 옆에서 나를 기다리는 동안, 나는 어네스티네의 오빠인 키 크고 마른 몸매의 멋진 프리츠와 함께 건물을 나와 동네 끝에 있는 작은 시립공원까지 거리를 따라 걸었다.

그날 저녁에 미친 듯이 천둥이 쳤지만 나는 행복했다. 프리츠가 나에게 관심을 보였으니까. 모세와 브루노 생각은 나지 않았다. 다음 날 모세의 엄마가 자동응답기에 말을 남겼다. 무슨 일이 있었는지, 그리고 모세가 얼마나 심하게 절망했는지를.

"하지만 그 개는 아주 늙었잖아. 그러니 조만간 죽는다는 걸 모세도 예상하고 있었을 텐데."

우리 엄마가 어처구니없다는 표정으로 말했다.

나는 모세가 절망한 게 브루노 때문만은 아니라는 사실을 알고 있었다. 모세도 예전의 세계를 잃었다. 하지만 나와는 달리, 모세에게는 새로운 세계가 없었다. 하지만 나는 이런 생각을 얼른 머리에서 몰아냈다.

8

그다음 며칠 동안 많은 일들이 벌어졌다.

엄마는 일본어 선생님과 친해져서, 겨울에 이 주 동안 함께 도쿄로 가기로 계획을 세웠다.

그러면서 체중 감량은 잊어버렸다. 하기야 엄마는 외모에 별로 신경을 쓰지 않으니, 놀랄 일도 아니었다.

아버지는 작은 우리 회사가 그동안 했던 일 가운데 가장 큰 규모의 일을 맡았다. 구시가지에 있는 옛날 시청 건물 개수 공사에 참가하여, 아주 오래된 석조 장식을 수리하는 일을 하게 된 것이다.

어네스티네는 새로 생긴 친구 레아와 많은 시간을 보냈고, 마리아는 승마장에서 말을 돌보는 일에 지원하여 집에 거의 붙어 있지 않았다.

그러면 나는?

나는 외톨이였다.

더 이상 색소폰도 불지 않았다. 하루아침에 그냥 그만두었다. 최근에 너무 산만하고 신경이 날카로워졌기 때문이다. 그런 나에게 크누트 선생님은 자주 화를 냈다.

"왜 연습을 하지 않는 거야? 왜 이렇게 못해? 세라피나, 도대체 무슨 일이냐?"

선생님은 눈썹을 치켜세우고 이렇게 물으며, 불만스러운 표정으로 나를 바라보았다.

그래서 그만두었다. 모세가 없으니 어차피 재미도 없었다.

"저런, 유감이구나."

엄마 말에 나는 그저 어깨만 으쓱했다.

학업에도 갑자기 문제가 생겼다. 영어, 프랑스어, 수학 등 모든 과목의 성적이 떨어졌다. 늘 힘이 없고 피곤했다.

가을이 되었다. 아침에 자전거를 탈 때면 몸이 떨렸다. 하지만 체중은 더 빠졌다.

부모님 침실에 있는 체중계가 56.7킬로그램을 가리켰다.

이제 곧 성공이야! 자수 청바지는 더 이상 맞지 않았다. 너무 헐렁했다. 나는 어네스티네와 함께 시내로 가서 새 바지를 샀다.

청바지 가게 종업원이 나를 위아래로 훑어보고 물었다.

"28인치?"

그러고는 벽에 있는 한 선반을 가리켰다.

너무 기뻐 거의 어지러울 지경이었다. 그전까지는 30을 샀고, 몇 번은 31인치도 입었으니까.

두근거리는 마음으로 28인치 청바지를 입어보았다. 문제없이 잘 맞았다.

"정말 멋지다."

칸막이로 함께 들어온 어네스티네가 말했다. 나는 안도의 숨을 내쉬었다. 너무 기뻐 온 세상을 끌어안고 싶었다.

집에 돌아와, 로마 요양원에 계신 논나에게 전화하기 위해 긴 전화번호를 눌렀다. 그러나 이탈리아 간병인에게 내가 하고 싶은 말을 이탈리아어로 하기가 힘들었다. 단어들이 잘 생각나지 않았다. 꽤 오래 더듬거렸지만, 결국에는 성공했다. 간호사가 논나 귀에 수화기를 대주었다.

"논나, 저 피나예요!"

나는 이탈리아어로 소리쳤다.

"논나를 정말 사랑한다는 말을 하고 싶어서 전화했어요!"

할머니 숨소리가 들렸다. 할머니가 내 말을 듣기를, 내 말을 이해하기를 바랐다.

"다 끝났지?"

갑자기 수화기 저편에서 간호사의 목소리가 들려왔다.

"예, 고맙습니다……."

수화기를 내려놓았다.

그날 저녁, 마틸다 이모가 쌍둥이를 데리고 왔다.

"세상에, 너 못 알아보겠다!"

나를 본 이모가 이렇게 말하고는 여행 가방을 내려놓았다.

저녁 식사 때 이모가 나를 계속 바라보았다. 식탁에는 이탈리아식 바게트인 치아바타 빵과 토마토와 모차렐라 치즈가 차려져 있었다. 나는 빵 바구니에서 제일 작은 빵을 꺼내 얇은 토마토 두 조각을 올렸다. 치즈에는 손도 대지 않았다.

"세라피나, 도대체 왜 그래?"

이모가 갑자기 물었다.

"뭐가요?"

나는 빵을 조금 입에 넣었다. 배가 시끄럽게 꼬르륵거렸다. 아무도 듣지 못해야 할 텐데! 아주 천천히 먹고 오랫동안 씹으면 배가 불렀다.

"치즈는 왜 안 먹어? 그리고 빵을 입에 넣고 왜 그렇게 오래 우물거리는 거야?"

이모가 말을 이었다. 이모의 양옆에는 소란스러운 쌍둥이들이 자리를 하나씩 차지하고 앉아, 모차렐라를 쉴 새 없이 입에 쑤셔 넣고 있었다.

"조금 전에 어네스티네 집에서 뭘 먹었거든요."

나는 짜증을 내며 대답했다. 세뇌가 되어 나 스스로도 이 말을 거의 믿을 정도였다. 최근에 나는 뭔가 핑계를 댈 때 어네스티네를 자주 입에 올렸다.

"어네스티네는 피나 친구야."

엄마가 말했다.

"우리 위층에 사는데, 둘이 요즘 계속 붙어 다니지."

나는 고개를 끄덕이고, 빵을 다시 아주 조금 베어 물었다.

"글쎄……"

이모가 우리 부모님을 바라보며 말했다.

"우리랑 같은 건물에 어떤 여자아이가 사는데, 그 아이도 세라피나처럼 갑자기 체중이 아주 많이 줄었어."

"그래서?"

엄마가 물었다.

"지금 정말 많이 아파. 중증 섭식장애야……"

"말도 안 되는 소리!"

나는 짜증스럽게 말했다. 마틸다 이모에게 화가 났다. 왜 저런 소리를 한담? 내가 조금 날씬해지는 걸 도저히 못 봐주 겠다는 건가? 이모 역시 엄마나 외할머니처럼 뚱뚱했다.

갑자기 모두 나를 바라보았다.

그 후 모든 것이 힘들어졌다.

"더 먹어야 해."

엄마는 그다음 주부터 매일 이런 말을 하기 시작했다. 고개를 저으며 나를 바라보고, 버터를 바르고 치즈를 올린 빵 하나를 다 먹으라고 아침마다 강요했다.

"코코아도 마셔."

그러고는 꼭대기까지 가득 채운 컵을 내밀었다.

날이 점점 추워졌으므로 따뜻한 코코아를 마시면 기분이 좋았다. 하지만 그와 동시에 구역질이 날 만큼 싫기도 했다. 코코아에 든 유지방과 설탕이 내 몸을 파고들며 퍼지는 게 선명하게 느껴지는 듯했다.

이런 생각에 초조하게 가슴을 두근거리며 자전거를 타고 학교로 향했다. 시간이 나면 학교로 곧장 가지 않고, 작은 시립공원으로 돌아서 가기도 했다. 거기서부터 다음 구역까지는 경사가 급한 가로수 길이었다. 나는 일주일에 몇 번, 이 경사로를 숨차게 달렸다.

날씨가 점점 더 차가워졌다. 흐릿한 잿빛 하늘은 엉클어진 구름 조각들로 가득했고, 시든 낙엽들이 길을 쓸고 다녔다. 어느 날 아침, 나는 어네스티네에게서 받은 자전거를 공원에 세우고 계획에 없던 조깅을 잠깐 했다. 숨이 차고 옆구리가 쑤셨다. 그래도 계속 달렸다. 아침에 버터와 크림치즈를 발라 먹은 빵과 코코아 한 잔을 생각하며.

나는 달리고, 달리고, 또 달렸다. 달리는 동안 나처럼 공원에서 조깅하는 사람들을 많이 만났다. 건강을 유지하려 하고 몸매에 신경을 쓰는 사람은 나뿐이 아니군. 나는 만나는 사람들에게 미소를 보냈다.

미소로 화답하는 사람들도 몇몇 있었다.

그러다가 더 이상 숨을 쉴 수 없을 정도에 이르렀다. 피곤에 지쳐 다시 자전거를 타고 학교로 향했다.

이미 수업종이 울린 뒤였다. 운동장은 쥐 죽은 듯 고요했다. 그러나 운동장 뒤편 쓰레기통 부근에 학생들이 몇 명 있었다. 나는 자전거에 열쇠를 채우면서, 운동장을 가로질러 그 학생들을 건너다보았다. 낙제를 한 모세와 같은 학년인 8학년들이었다.

모세가 눈에 들어왔다.

저기 지금 무슨 일이지? 모세가 낮은 담장에 기대서 있었다. 담장 뒤편에는 음식물 쓰레기통이 있었다. 모세는 낙타몰이꾼 같이 크고 헐렁한 바지를 또 입고 있었다. 하지만 여름에 입던 패치워크 조끼 대신, 엄청나게 크고 여기저기 불룩하게 튀어나온 녹청색 양모 스웨터 차림이었다. 더 이상 자르지 않은 듯한 머리카락은 작은 붓처럼 하나로 묶여 있었다.

"내 말대로 하란 말이야, 이 살덩어리야!"

한 아이가 외쳤다.

나는 소스라치게 놀랐다. 아마 잘못 들었을 거야. 나는 천천히 본관 앞으로 걷다가 발걸음을 멈추었고, 그러다가 다시 걸어갔다.

"얼른, 이 뚱보야!"

다른 아이가 또 소리쳤다.

모세는 꼼짝도 하지 않았다.

나는 다시 멈추어 섰다. 모세는 아직 나를 보지 못했고, 그 반 아이들도 내가 거기 있다는 걸 알아채지 못했다.

"어서! '나는 뚱뚱한 돼지다'라고 말해!"

또 다른 아이가 고함을 질렀다.

"말해! 말해! 말해!"

아이들이 이구동성으로 외쳤다. 아이들 목소리가 조용한 운동장에 울려 퍼졌다. 아이들 숫자를 세어보았다. 모두 열 명이었다.

모세는 헐렁한 바지 주머니에 손을 넣은 채, 그냥 제자리에 서서 허공만 노려보고 있었다. 모세에게 가야지. 나는 숨을 깊게 들이마셨다. 모세는 더 뚱뚱해진 것 같았다.

바로 그 순간, 뚱뚱한 종교 선생님이 본관에서 나왔다.

"야, 거기 무슨 일이야!"

선생님이 소리를 지르고는 보폭을 넓게 떼며 운동장을 쿵쿵 가로질렀다. 나는 그 자리에 멈추어 섰다.

"아무것도 아니에요."

아이들이 어깨를 으쓱하며 대답을 하고는 자리를 떴다. 마지막으로 모세가 움직였다. 모세는 아무 일도 없었다는 듯이 아이들 뒤를 따라 터덜거리며 걸었다.

"별 일 없어?"

선생님이 이렇게 물으며, 모세의 등에 살짝 손을 댔다.

"예, 괜찮아요. 정말 괜찮아요."

모세가 대답했다. 또렷하게 들렸다. 나는 얼른 몸을 돌려 서둘러 우리 반으로 향했다. 벌써 아주 많이 늦었다.

달리기는 성과가 있었다. 아침 식사 직후처럼 배가 꽉 찬 느낌은 이미 오래전에 사라지고 없었다.

"자, 라자냐를 조금이라도 먹어라."

요리를 마친 외할머니가 말했다. 왜 하필 라자냐를 만들었을까? 어차피 이탈리아 할머니처럼 맛있게도 못할 거면서.

"샐러드만 먹을래요."

나는 짜증스럽게 대답했다. 부모님은 은행 업무를 보러 나갔다. 시청을 수리하는 큰 공사를 했지만, 여전히 돈이 부족한 모양이었다.

"엄마가 샐러드만 먹으면 안 된다고 했잖아."

마리아가 말했다.

"학교에서 치즈 빵을 먹고 왔단 말이야!"

나는 이마를 찡그리며 접시를 밀어냈다.

식사 후에 일기장에 '루콜라 샐러드 약간'이라고 써넣었다.

그러다가 아침에 깜박 잊고 체중을 재지 않았다는 생각이 났다. 침대 밑에서 체중계를 꺼냈다. 며칠 전에 내 방으로 가지고 왔지만 아무도 눈치채지 못했다. 얼른 체중계에 올라가, 기대에 찬 눈으로 빨간색 디지털 숫자를 바라보았다.

엄청난 충격!

57.0킬로그램이었다.

이게 어떻게 가능하지? 어제까지만 해도 56.2킬로그램이었다. 스물네 시간이 조금 지났을 뿐인데, 어떻게 거의 1킬로그램이나 늘 수 있을까?

두 번, 세 번 다시 재어보았지만 아무 소용이 없었다.

내가 또 괴물이 되는구나. 다시 뚱뚱해지고 있어. 살덩어리, 지방 덩어리.

안 돼. 나는 떨며 침대에 걸터앉아, 이불로 몸을 감쌌다. 혐오스러운 내 몸에 숨어 있는 지방이 1그램, 1그램 모두 느껴졌다.

55킬로그램이 될 때까지 살을 빼기로 맹세하지 않았던가. 하지만 실패했다. 이제 다시 살이 찌고 있었다.

내 몸이 사악한 장난질을 치는구나.

바깥에는 퍼붓듯이 비가 쏟아지고 있었다. 바람에 몰려온 침울한 11월의 빗방울들이 유리창에 부딪혔다가, 가느다란 지그재그 선을 그리며 창문을 타고 흘러내렸다. 흐르는 빗방울은 눈물처럼 보였다. 실패한 자의 슬픈 눈물.

하지만 이대로 물러서지는 않을 거야.

이제부터 더 지독하게 싸워야 해. 음식을 더 조심해야지. 그러면 목표치인 55킬로그램에 도달할 수 있을 거야.

'정말이야.'

나는 스스로에게 속삭였다. 소리 없이 계속 반복해서 말했다.

시간이 흐르면서 다시 체중이 줄었다. 모든 것이 제자리를 찾았다. 아침에 등교할 때면 늘 지나는 약국에 가서 날씬해지는 약을 샀다. 약값이 비쌌지만 상관없었다. 세례 받을 때 들어온 돈이 통장에 아직 무척 많이 남아 있었으니까.

"성공하기 바란다!"

약사가 말했다.

"하지만 너무 심하게 하지는 말고."

나는 고개를 끄덕였다. 저녁때 처음으로 한 알 먹었다. 먹어야 했다. 엄마는 피자를 구워, 나에게 두 쪽을 먹으라고 강요했다.

"배고프지 않아요."

낮에 슈퍼마켓에서 산 다이어트 요구르트를 냉장고에서 꺼냈다.

'지방 0.1퍼센트'라고 쓰여 있었다.

"세라피나, 안 돼. 이제 다이어트 제품은 더 이상 먹지 마."

하지만 아직 55킬로그램에 도달하지 못했다. 허벅지도 조금 더 단단하고 가늘어져야 했다. 배는 이제 납작해졌지만······.

"기름진 피자를 먹고 싶지 않단 말이에요!"

나는 화가 나서 말했지만 결국 작은 걸로 두 쪽을 먹어야 했다. 천천히, 아주 천천히 먹었다. 나보다 훨씬 더 많이 먹은 사람들과 똑같은 시간에 식사를 끝냈다. 피자는 맛있었다. 식탁 중간에 놓여 있는 커다란 피자 접시를 바라보았다. 아직 많이 남아 있었다. 한 쪽 더 먹고 싶었지만 먹지 않았다. 그 대신 식사를 마친 다음 화장실에 가서 수돗물을 두 컵 마셨다. 물을 마시면서, 이제 내 몸에 들어가 해를 끼치고 있을 피자 두 쪽을 생각했다. 피자가 몸 안에서 퍼지며 지방으로, 분홍색 비계 덩어리로 변하여 나를 갉아먹는 것이 또렷하게 느껴지는 듯했다. 얼른 내 방으로 달려가, 다이어트 약통에서 주의사항 용지를 꺼냈다.

'과체중 치료를 위한 약품. 체중 감량과 혈중 지방 수치 감소'라고 쓰여 있었다.

'날씬한 몸매는 인생을 즐겁게 해줍니다!

우리 제품은 음식물의 지방을 분해하는 작용을 하며, 소화력도 탁월합니다.'

얼른 한 알을 입에 넣고 물을 한 모금 마셨다.

그러자 기분이 나아졌다. 종이에 적혀 있는 대로 정말 약효가 나타난다면, 내가 먹은 피자 두 쪽은 아무 문제도 없었다.

잠들기 전까지 역사 교과서를 읽었다. 다음 날 역사 시험을 보는데, 성적을 기필코 다시 올리고 싶었으니까.

하지만 사실 그동안 역사 성적은 그다지 나쁘지 않았으므로 걱정하지 않았다. 이날 저녁은 이상하게도 기분이 들떴다. 로비 윌리엄스의 「필Feel」을 반복하여 들으며, 다른 때와는 달리 내가 별로 뚱뚱하지 않다고 느꼈다.

한밤중에 깜짝 놀라 잠에서 깨었다. 이게 웬일이지? 침대와 잠옷 바지가 젖어 있었다. 발걸음을 죽이고 화장실로 가서 설사를 했다. 거품이 나는 이상한 설사였다. 얼른 옷을 갈아입고, 모세와 함께 벼룩시장 구경을 하다가 샀던 잠옷 바지를 쓰레기통에 쑤셔 넣었다. 그런 다음 쓰레기 봉지를 단단하게 묶고, 아침까지 내 방 옷장에 숨겨두었다.

밤새도록 배가 부글거렸다. 약 때문이었다. 약은 부모님 때문에 억지로 먹은 음식에 들어 있던 쓸데없는 지방을 내 몸에서 내보내는 중이었다. 그걸 위해서라면 약간의 설사와 꼬집

히는 듯한 복통은 기꺼이 감수할 수 있었다. 시디플레이어를 나지막하게 켰다. 로비 윌리엄스가 나를 위해 노래를 불러주었다. 나는 옆으로 누워 있다가 어느 순간 다시 잠이 들었다.

다음 날 아침에 역사 시험을 보았다. 제3제국에 관한 문제였다. 정신을 집중할 수 없었다. 너무 배가 고팠고, 이른 아침에 공원에서 달리기를 했는데 다른 때보다 훨씬 더 피곤했다.

바이마르공화국, 히틀러와 스탈린의 비밀 협정, 바르샤바의 유대인 거주 지역…….

머릿속이 빙빙 돌았다. 구역질도 났다.

"벌써 다했어?"

담임선생님이 물었다. 우리 담임선생님은 역사 과목을 담당하고 있었다.

"예."

나는 나지막하게 대답하고, 시험지를 얼른 교탁에 올려놓고 바깥으로 나갔다.

복도에서 모세를 만났다. 붉은 털모자를 쓰고 있었다. 오늘 모세네 반은 수업이 늦게 시작되나? 아니면 그냥 지각을 한 걸까? 모세에게 물어보지는 않았지만, 어쨌든 우리는 서로 마주 본 채 발걸음을 멈추었다.

모세는 거대한 산 같았다. 이날 아침처럼 뚱뚱하게 보인 적은 없었다. 지난 몇 달 동안 엄청나게 살이 찐 모양이었다. 갈색과 흰색 무늬가 있는 양모 판초를 천막처럼 걸치고 있었다. 늙고 뚱뚱한 시칠리아 목동처럼 보였다.

"안녕, 세라피나."

모세가 입을 열었다.

"안녕."

우린 또 서로 마주 보았다.

"너 정말 많이 말랐구나."

모세가 망설이며 말했다.

나는 아무 대답도 하지 않았다.

'모세. 이봐, 모세.'

내 머릿속에서 뭔가가 입을 열었다. 그러자 다른 뭔가도 끼어들었다.

'넌 뚱뚱하고 흉측해.'

"그럼, 또 보자."

내가 대답을 하지 않자 모세가 말했다. 방학이 끝나고 개학을 한 첫날, 내가 처음으로 자전거를 타고 등교하던 날에도 모세는 똑같이 말했었다.

나는 마지못해 고개를 끄덕이고, 천천히 그 자리를 떴다.

"이 주 뒤면 우리 오빠 생일이야. 열일곱 살이 되지."

점심때 어네스티네가 말했다.

"그래서 간소하게 생일 파티를 하기로 했어. 오빠가 너도 올 건지 묻더라."

우리는 어네스티네의 높은 침대에 앉아 있었다. 내가 자기 오빠랑 단둘이 공원에 갔었다는 걸 알고 있을까? 어쨌거나 나는 털어놓지 않았다. 왜 그랬는지는 잘 모르겠다.

사실 프리츠와 나 사이에는 아무 일도 없었다. 그저 서로 학교 이야기를 약간 했고, 프리츠는 자기 핸드볼 팀 이야기도 했다. 대화를 나누면서 공원을 거닐었을 뿐이다.

"우리 아버지도 올 거야. 너도 한번 봐. 상당히 구역질나는 인물이지."

어네스티네는 이렇게 말하며 미소를 지었다. 서글퍼 보이는 미소였다. 이상하네. 지금까지 자기 아버지 이야기를 한 적은 한 번도 없었는데……

"그러니까 진정한 가족 모임인 거지."

어네스티네가 말을 이었다.

그런데 내가 초대받았다고? 왜?

"내 생각에, 우리 오빠가 널 좋아하는 것 같아."

어네스티네는 소리 없는 내 질문에 스스로 알아서 대답을 했다.

그 말을 듣자 내 몸에서 열이 났다.

'프리츠가 나를 좋아한다……'

다이어트가 거둔 첫 번째 성과였다. 나는 이제 더 이상 괴물이 아니었다. 그래서 프리츠 같은 남자아이가 나를 좋아하는 거였다.

"오빠가 말했어. 세쿼이아를 기르는 사람 중에, 너처럼 아름다운 초록색 눈동자는 본 적이 없다고."

어네스티네가 이렇게 말하고는 웃음을 터뜨렸다.

얼굴이 달아오르는 게 느껴졌다. 하지만 다행스럽게도 겨울철 특유의 이른 노을이 방에 드리웠기 때문에, 어네스티네는 이런 내 모습을 눈치채지 못했다.

어네스티네는 땅콩을 먹다가 통을 나에게 내밀었다.

나는 얼른 고개를 저었다.

"저녁에 같이 영화관에 갈래? 「금발이 너무해2」를 보러 가기로 했거든. 레아가 7시에 데리러 오기로 했어."

또 레아 타령이군. 어네스티네를 레아와 공유하기 싫었다. 게다가 그 아이는 오전 내내 학교에서 어네스티네와 함께 있지 않은가. 왜 오후와 저녁에도 가로채려고 하지?

나는 고개를 저었다. 그느니 차라리 조깅을 하는 게 낫지. 그게 훨씬 나아. 맑은 공기는 건강에도 좋을 거야. 나는 또 살짝 피로를 느꼈다.

저녁을 먹은 뒤에 운동화로 갈아 신었다. 저녁 식사 때 엄마와 다투었다.

"세라피나, 너 때문에 정말 미치겠다!"

엄마가 화를 내며 말했다.

"감자 샐러드에 독이라도 들은 줄 알아? 내 말 듣고 있는 거야? 음식을 접시 위에서 이리저리 밀치지만 말고 먹으란 말이야. 어차피 콩알만큼 담았잖아!"

나는 대답하지 않았다. 무슨 대답을 할 수 있으랴? 도대체 엄마는 저녁에 왜 이렇게 기름진 음식을 해놨을까? 왜 요구르트만 먹게 내버려두지 않을까?

"예전에는 감자 샐러드 잘 먹었잖아!"

엄마가 계속 욕을 퍼부었다.

도대체 왜 저렇게 흥분하지? 내가 엄마에게 무슨 나쁜 짓이라도 했나? 난 그저 음식에 약간 신경을 쓸 뿐인데. 그거야 좋은 일 아닌가. 식구들 앞에서 이렇게 욕을 퍼부을 이유는 아니잖아.

"우리 국민 셋 중에 한 명은 과체중이에요."

나는 짜증이 나서 중얼거렸다. 오늘 아침에 어떤 잡지에서 읽은 내용이었다. 그 글의 제목은 '우리는 이제 과체중 민족이 되는가?'였다.

"그래, 그럴 수도 있겠지. 하지만 너는 과체중이 아니야!"

엄마가 힘주어 말했다. 목소리가 날카로웠다.

야단을 듣고 있자니 지겨웠다. 그래서 자리에서 일어나 내 방으로 갔다. 등 뒤에서 의자 쓰러지는 소리가 들렸다. 그 정도로 내가 세차게 일어난 것이다. 방에 들어가자마자 엄마가 뒤따라왔다. 감자 샐러드 접시를 마치 무기처럼 손에 들고서.

"피나, 다 먹어라."

엄마는 내 책상에 접시를 내려놓고 다시 거실로 돌아갔다.

감자 샐러드는 기름으로 번들거렸다. 나는 구역질을 하고 화를 내며 미끄덩거리는 그 쓰레기 같은 음식을 급히 쓰레기 통에 쏟고는 봉지를 묶었다. 내일 책가방에 숨겨 바깥으로 몰래 가지고 나가야지……. 그런 다음 얼른 날씬해지는 약을 한 알 삼켰다. 오늘도 너무 많이 먹었으니까.

아침에 크림치즈를 바른 빵, 점심에는 토마토소스를 얹은 밥(생크림도 분명히 들어 있었을 거다), 그리고 기름이 뚝뚝 떨어지는 감자 샐러드를 방금도 너무 많이……. 완전 구역질 나는 음식들.

조깅을 한 바퀴 하기로 마음먹었다.

"어디 가니?"

복도에서 아버지가 내 옆에 와 섰다.

세상에, 도대체 왜들 이러지?

"조금…… 달리려고요."

138

우물거리며 대답하자, 아버지가 시계를 보며 물었다.

"지금 이 시간에?"

"예. 그게 뭐 잘못되기라도 했나요?"

짜증스럽게 대답하고는 집을 나왔다.

모두 정신이 이상해졌나? 나는 거리로 나서서 달리기 시작했다. 집 주위를 한 바퀴 돌고, 다시 한 번 더 돌았다. 차가운 겨울바람이 폐를 찔렀다. 얼굴이 얼얼하고 다리가 무거워졌다. 하지만 멈추지 않고 계속 달렸다. 심장이 거칠게 뛰었다. 머리에까지 맥박이 느껴졌다.

나처럼 달리고 있는 어떤 중년 부인을 만났다. 서로 미소를 나눴다. 그 부인은 우리 엄마보다 훨씬 나이 들어 보였지만 가볍게 달리고 있었다. 건강한 몸을 유지하는 듯했다.

그러다가 어느 순간에 이르자 더 이상 달릴 수 없었다. 숨을 헐떡이며 멈추어 서서 어떤 집 벽에 몸을 기댔다. 도로 건너편에 있는 자그마한 공원이 비스듬하게 눈에 들어왔다. 얼마 전에 프리츠와 함께 갔던 공원이었다.

예전에는 모세와도 자주 갔다. 나는 눈을 질끈 감았다가 뜨고, 좁은 자갈길을 뚫어지게 노려보았다. 가로등이 우윳빛과 주황색 빛을 어둠 속에 드리우고 있었다.

그곳에서 누군가 움직였다. 어깨와 고개를 축 늘어뜨리고, 펄럭이는 커다란 판초를 걸치고 터덜거리며 걷는 음침하고 뚱뚱한 산.

저게 모세인가? 저기 건너편 우리 집 근처에서 이 추운 겨울밤에 혼자 어둠 속을 돌아다니는 사람이 모세일까?

눈이 아플 정도로 힘겹게 길 건너편을 노려보았다.

아니, 모세가 아니었다. 발을 질질 끌며 움직이고 있는 뚱뚱한 노인이었다.

혹시…… 모세가 맞나? 알 수 없었다. 움직이는 산은 가로등 불빛에서, 그리고 내 시야에서 사라져갔다.

저기 지나간 사람이, 슬퍼 보이던 그 사람이 혹시 모세인지 길 건너편으로 가서 얼른 확인해보아야 하나 잠시 망설였다. 그러나 저녁에는 어두운 공원에 갈 수 없었다. 우리 집에서 정한 엄한 규칙이었다.

하기야 모세일 리가 없지. 저녁마다 늘 용변을 누이느라 데리고 나오던 브루노도 이젠 없는데, 모세가 이 어두운 공원에 있을 이유가 없지 않은가. 그래, 그저 뚱뚱한 노인이었을 뿐이야. 부끄럽게도 나는 그 노인을 한때 나와 가장 친했던 친구라고 생각했구나. 모세가 이런 내 생각을 모르니 얼마나 다행인가.

나는 정신을 차리고, 마지막으로 한 바퀴 더 달렸다.

9

　53.7킬로그램이었다. 나는 미소를 지으며 체중계에서 내려
섰다. 연한 잿빛 조각구름 사이로 비치는 가늘고 창백한 겨울
햇살이 내 방 창문을 넘어 들어왔다. 기분이 좋았다. 인생은
아름다워! 나는 어네스티네와 프리츠가 있는 위층으로 발걸
음을 옮겼다. 지난주에 시내에서 산 새 바지를 입었다. 멋진
날염 무늬 청바지였다. 허벅지는 좁았고 아랫부분은 폭이 넓
었으며, 보라색 꽃이 수놓여 있었다.

　스웨터도 새것이었다. 몸에 딱 붙는 검은색 면 스웨터인데,
팔을 들면 배의 맨살이 약간 드러났다. 어쨌든 조금 전에 거
울 앞에서 보았을 때는 그랬다. 하지만 어네스티네와 프리츠
집에 올라가는 지금은 스웨터 아래 티셔츠를 입은 상태였다.
배의 맨살을 보일 용기는 아직 없었으니까. 내 배는 아직 어

네스티네처럼 아름답고 단단하지 않았다. 실수로 잘못 움직이다가 프리츠에게 추한 배를 보이는 일은 없어야 했다.

그리고 나는 아직도 정말로 날씬하지는 않았다. 물론 예전처럼 뚱뚱하고 추하지는 않았지만, 어네스티네나 레아처럼 멋있는 상태는 아니었다.

프리츠 집에 가면 분명히 케이크도 있겠지? 케이크는 생일 파티에 빠지지 않으니까. 다행스럽게도 오늘 아침 식사는 거를 수 있었다. 마리아가 위장염에 걸려 밤에 몇 번 토했기 때문이다.

"나도 속이 좋지 않아요."

그걸 빌미로 아침 식사 시간에 이렇게 말했고, 점심때도 똑같이 변명했다. 엄마는 나를 찬찬히 살펴보며 말했다.

"정말 창백해 보이기는 하네."

그러고는 내가 설탕을 넣지 않은 차만 몇 모금 마셔도 별 소리 없이 지나갔다.

우리는 부엌에 앉아, 엄마가 근무하는 직업학교 학생들에 대해 이야기를 나누었다. 엄마 직업은 정말이지 전혀 부럽지 않았다. 숙제를 하러 내 방으로 가기 전까지, 엄마는 일본 캐럴을 세 곡이나 들려주었다. 정말 재미있게 들려서 엄마와 나는 웃음을 터뜨렸다.

아름다운, 정말 아름다운 점심시간이었다.

잠시 뒤에 날씬해지는 연분홍빛 알약을 얼른 삼켰다.

그러니 이제 프리츠의 생일 케이크 한 조각 정도는 먹어도 되겠지?

심장이 또 방망이질 치기 시작했다.

가족들만 모이는 파티라고 하지 않았던가? 처음에는 그랬다. 어네스티네와 프리츠 엄마가 내 접시에 초콜릿과 체리를 얹은 생크림 케이크 한 조각을 올려줄 때, 바깥에서는 아주 조금씩 눈이 내리기 시작했다. 12월 초였다.

나는 프리츠에게 오래된 미국 영화 「페이퍼 문」 비디오를 선물했다. 얼마 전에 시내에서 그 비디오를 우연히 발견하고 얼른 사두었다. 둘이 공원에 갔을 때, 프리츠가 어릴 때 그 영화를 무척 좋아했다고, 다시 한 번 보고 싶은데 어디서도 구할 수 없다고 말했기 때문이다.

"세라피나! 세상에, 정말 대단하다!"

프리츠는 감동하여 나를 보며 웃음을 터뜨렸다.

"조만간 저녁에 같이 보자. 너랑 나랑 둘만 말이야. 알았지?"

나는 고개를 끄덕였다. 그러나 먹어야 할 케이크 조각을 앞에 두고 마비된 듯이 앉아 있으니, 진심으로 기뻐할 수는 없었다. 생크림과 밀가루 반죽 덩어리를 빤히 노려보노라니 마음이 흔들렸다. 작년에는 모세와 함께 생크림 케이크를 자주 먹었지만, 이제는 이게 얼마나 끔찍한 칼로리 폭탄인지 알고 있었다.

이런 지방 덩어리를 내 안에 밀어 넣고 싶지 않았다. 하지만 케이크를 먹지 않는 유일한 사람이 되고 싶지도 않았다. 그래서 망설이며 포크를 집어 들고는 케이크를 아주 조금 떼어 냈다. 그런 다음 무척 천천히 조심스럽게 먹기 시작했다. 미리 먹은 다이어트 알약을 계속 생각하자 어느 정도 마음이 안정되었다. 알약이 나를 구해줄 거야. 구역질나는 케이크의 지방을 다시 빠져나가게 해줄 거야. 알약을 먹을 때마다 그랬듯이 저녁에는 설사를 할 거고, 그 설사는 소화되지 못한 혐오스러운 지방으로 가득하겠지. 시간이 지나면서 이런 과정을 알게 되었다. 설사 때문에 항문이 아플 때도 있었다. 설사가 잦다보니 무척 심한 상처가 났다.

케이크는 맛이 좋았다. 케이크가 얼마나 맛있는지 거의 잊어버리고 있었다. 어네스티네의 아버지가 샴페인도 반 잔 따라주었다.

"고맙습니다."

나는 다른 사람들과 건배했다.

어네스티네와 프리츠의 아버지는 젊어 보였다. 아이들 엄마보다 훨씬 젊은 듯했다. 그뿐 아니라 미남이었고, 성공가도를 달리는 사람처럼 보였다. 오만해 보이기도 했고.

"의사야. 돈이 엄청나게 많지. 오빠와 나를 낳은 걸 후회한
대. 엄마랑 싸우다가 그렇게 말하는 걸 들었어……."

어네스티네가 나에게 속삭였다.

"몇 달 동안 생활비를 한 푼도 보내지 않을 때가 있어. 오로
지 우리 엄마를 힘들게 하기 위해서지. 엄마가 자기를 떠난 것
에 대해 그렇게 복수를 하는 거야."

샴페인 때문에 어지러웠다. 생크림 케이크를 다 먹고나서
샴페인을 또 한 잔 받았다. 초콜릿 체리 삼색 케이크 한 조각도.

이번에는 문제없이 케이크를 먹을 수 있었다.

딸꾹질이 나서 창피했다. 어네스티네와 프리츠와 나는
부엌에 앉아 오렌지 주스를 마셨다.

"세라피나, 영화 선물 정말 고마워."

프리츠가 이렇게 말하며, 검지로 내 코를 톡톡 쳤다.

나는 깜짝 놀라 몸을 움찔했지만, 프리츠와 단둘이 있는 기
회가 다시 한 번 오기를 바랐다.

어쩌면 내가 프리츠를 얼마나 좋아하는지 말할 용기가 날
지도 몰라. 프리츠와 함께 무인도에서 여생을 보내고 싶었다.

아니면 둘이 세계 일주를 하든가.

키스하든가.

아니면 뭐가 되었든.

프리츠가 나를 좋아한다는 것을 모든 사람이 보아야 해.

갑자기 머릿속이 가벼워졌다. 아주 오랜만에 포만감을 다시 느꼈다. 정말 배가 불렀다.

이제 다이어트를 그만해도 되지 않을까? 앞으로 조심하고, 계속 자전거로 등교하고 조깅을 하며 건강을 유지하기만 한다면 더 이상 무슨 일이 벌어지지는 않을 거야…….

하지만 이 모든 상상은 금방 망가져버렸다.

나는 그저 괴물에 불과했다.

그럴 줄 알았다.

갑자기 초인종이 울렸다.

"아, 드디어 왔군."

프리츠가 이렇게 말하고는 부엌에서 나갔다.

"가족이 또 있어?"

내가 묻자, 어네스티네가 대답했다.

"아니, 친구들이야."

가족 파티라고 생각했는데…….

갑자기 부엌이 사람들로 넘쳐났다. 나는 기습 공격을 당한 것처럼 멍한 기분으로 자리에 그냥 앉은 채 오렌지 주스 컵을 꼭 움켜쥐고 있었다.

"플로리안과 라르스와 라몬은 프리츠 오빠와 같이 핸드볼을 하는 친구들이야."

어네스티네가 남학생 세 명을 가리키며 설명했다. 그 아이들은 프리츠가 찬장에서 맥주 몇 병과 함께 꺼내 온 칩 봉지에 달려들었다.

"엘리아스와 니크는 오빠랑 같은 반이야."

어네스티네가 다른 남자아이 두 명을 가리키자, 둘은 건성으로 손을 흔들었다.

"그리고 저쪽은 오빠가 무진장 좋아하는 라일라."

어네스티네가 목소리를 죽이고, 갑자기 나타난 어떤 여자아이를 머릿짓으로 가리키며 말했다. 나는 숨을 멈추었다. 무슨 소리인지 알 수 없었다. 라일라라는 아이를 본 적도 없었고, 이 아이에 대해 들은 적도 없었다.

그러나 이제 프리츠 앞에 라일라가 서 있었다. 프리츠가 얼마나 기뻐하는지 확연하게 보였다.

"둘은 아주 어릴 때부터 아는 사이인데, 정말 좋아해. 어쨌든 프리츠 오빠는 그래……."

어네스티네가 내 귀에 속삭였다.

그 여자아이 머리카락에 눈이 묻어 있었다. 몸매가 무척 날씬하고 여려 보였으며, 얼굴은 약간 창백했다. 눈이 깊고 검었다.

그럴 줄 알았다. 나는 뚱뚱하고 흉한 괴물, 별 볼일 없는 괴물에 불과했다. 프리츠가 저 여자아이를 보듯이 나를 바라보는 일은 절대 없겠지. 지금까지도 없었다. 그런데도 나는 프리츠가 나를 좋아할 거라고 착각했다……. 얼마나 바보 같은 생각이었던가. 멍청하고 우습고 정신 나간 상상.

나는 프리츠에게 아무 의미도 없었다. 아무것도 아니었다.

"라일라는 신시가지에 살아. 부모님은 터키 출신인데 무척 엄해. 그래서 오빠랑 자주 못 만나……."

흐릿하게 울리는 어네스티네의 목소리는 먼 곳에서 들려오는 듯했다. 갑자기 머리가 솜뭉치에 둘러싸인 것 같았다.

"올 수 있었네. 다행이다."

프리츠가 날씬하고 아름다운 그 여자아이에게 말했다. 머리카락에 눈이 내려앉은, 내 모든 것을 망친 그 아이에게. 주변이 너무 시끄러웠는데도 그 말은 들렸다.

갑자기 속이 메스꺼웠다. 너무 많이 마신 샴페인, 끔찍한 케이크. 모든 것이 지겨워졌다.

"집에 가야 할 것 같아."

어네스티네에게 이렇게 말하는 내 목소리가 들렸다.

그러고는 자리에서 일어났다.

"나도 따라갈까?"

어네스티네가 문간에서 물었다.

"아니야."

나는 혼자 그 집을 나섰다.

"파티 좋았어?"

현관문에 들어서자 엄마가 물었다.

"그럼요."

나는 욕실로 가서 모두 토했다. 샴페인, 생크림 케이크와 삼색 케이크, 끔찍하게 소름 끼치는 그날 하루와 프리츠를 향한 내 모든 감정까지.

눈이 그쳤다. 그 대신 퍼붓듯이 비가 쏟아졌다.

모든 것이 망가졌다.

성탄절이 지나갔다. 며칠 동안 계속 비가 내렸다. 성탄절 다음 날, 제노바에 사는 여자에게서 전화가 와서 우리 부모님의 기분을 망쳐놓았다. 모세도 한 번 전화했다.

"세라피나, 모세 전화 받아라."

아버지가 말했지만, 나는 수화기를 넘겨받지 않았다.

"무척 풀이 죽은 목소리였어."

아버지가 나중에 말했다.

나는 아무 말도 하지 않고 앞만 노려보았다. 물론 모세가 불쌍하기는 했다. 하지만 내가 뭘 어쩌랴? 모든 것이 변했다. 모세와 할 말은 아무것도 없었다.

어네스티네와 프리츠는 엄마와 함께 스키 여행을 떠났다.

"너도 우리랑 같이 가자."

어네스티네가 말했다.

나는 고개를 저었다.

"세라피나, 도대체 왜 그래?"

어네스티네가 당황한 표정으로 물었다.

"아무것도 아니야."

나는 시선을 피하며 대답했다.

그 후로 프리츠는 단 한 번도 만나지 못했다.

그러나 밤에 꿈속에서는 자주 보았다. 프리츠와 마른 그 여자아이, 라일라를.

둘은 서로 키스를 하며 나를 비웃었다. 꿈을 꾸는 내내 경멸을 당하는 느낌이었다. 잠에서 깬 뒤에도 그런 느낌은 지속되었다.

"세라피나."

꿈에서 프리츠가 말했다.

"세라피나, 내가 정말 너처럼 뚱뚱한 여자아이랑 뭔가 일을 벌일 거라고 믿었던 거야?"

꿈에서 깨고보면 내 얼굴은 눈물로 젖어 있었다.

엄마는 일본어 선생님과 함께 일주일 동안 도쿄로 갔다.

나는 완전히 외톨이라는 기분이 들었다.

다이어트 알약이 다 떨어져서 다시 사러 약국으로 갔다. 그 전에 은행에 가서 100유로를 찾았다.

"누가 먹을 거지?"

약사가 물었다. 지난번에 샀을 때와 같은 약사였다.

나를 바라보는 시선이 이상했다.

"우리…… 우리 엄마 거예요."

얼른 둘러댔다. 짜증스러웠다. 해롭지 않은 다이어트 알약 몇 개 사는 게 금지된 일인가?

약사는 여전히 나를 바라보고 있었다. 생각에 잠긴 표정이 었다. 아니, 경멸하는 듯한 표정. 아니, 믿지 못하겠다는 표정. 아니, 걱정스럽다는 표정이었다.

나는 이마를 찡그렸다.

"그러면 너희 엄마가 직접 오시는 게 좋겠다."

약사가 말했다.

"왜요?"

"그래야 내 마음이 편할 것 같아서."

약사는 이렇게 대답하고는 팔짱을 끼고 꿈쩍도 하지 않았다.

왜 이러지? 왜 내 인생에 참견하는 거야? 나는 아무 말도 하지 않고 몸을 돌려 약국을 나왔다.

다른 약국으로 갔지만, 그곳에는 내가 사려는 약은 없고 훨 씬 더 비싼 약만 있었다. 그래서 할 수 없이 설사하는 약을 샀다. 어차피 급할 때만 먹을 약이니까. 우리 부모님이 나를 그냥 내버려두지 않고 기름기 많은 끔찍한 음식을 쑤셔 넣으라고 강요할 때만…….

"남기지 말고 먹어."

집에 다시 돌아온 엄마가 말했다. 낯선 일본 요리였다. 끈적끈적하고 시큼한 쌀과 여러 가지 야채가 들어가 있었다. 부모님과 마리아는 그 요리 말고도 생선을 한 마리씩 더 먹었다. 나는 다행히 생선까지 먹을 필요는 없었다.

"배가 안 고파요."

짜증을 내며 접시를 밀어냈다.

"세라피나, 너 거의 아무것도 먹지 않았어."

아버지가 으르렁거렸다. 일요일이라 아버지도 집에 계셨다.

"왜 나를 계속 살찌우려는 거예요? 이 밥은 정말 구역질나는데……."

내 접시에 놓인 끈적끈적한 기름 덩어리를 먹어야 한다고 생각하니 갑자기 공포가 밀려왔다. 먹은 뒤에는 어떻게 될지 이미 알고 있었다. 내일이면 체중계 숫자가 오늘보다 올라갈 것이다. 오늘 아침에도 52.3킬로그램이었다. 부모님이 성탄절에 먹을 거위처럼 나를 살찌운다면, 도대체 어떻게 아름다운 몸매에 도달할 수 있을까?

"세라피나, 더 이상 이런 식으로는 안 돼!"

엄마가 갑자기 소리를 질렀다. 아버지가 제노바에 다녀온 뒤, 밤에 침실에서 고함을 지르던 엄마 모습이 떠올랐다.

"계속 이런다면 넌 병에 걸릴 거야!"

엄마는 계속 고함을 쳤다.

"넌 지금 제정신이 아니야. 모르겠니? 얼굴이 창백하고 바짝 말랐어. 거울을 좀 들여다봐!"

"소리 지르지 말아요!"

나도 맞받아 고함을 치며 자리에서 벌떡 일어났다.

"내가 무슨 범죄라도 저지르나요? 그냥 살을 좀 빼려는 거예요. 그게 뭐가 그렇게 잘못됐어요? 마리아도 말랐고……."

나는 내 방으로 도망쳤다. 엄마가 내 접시를 들고 곧장 뒤따라오겠지?

'세라피나, 다 먹어. 계속 먹어. 세라피나, 끝까지 다 먹어. 살 빼기 쇼는 이제 그만 집어치워.'

이런 소리는 이제 더 이상 견딜 수 없었다.

하지만 이번에는 아무도 오지 않았다.

비가 쉴 새 없이 내렸다. 도대체 무슨 겨울이 이럴까? 비참한 기분이 들었다. 지치고, 무겁고, 퉁퉁 부은 기분이었다.

답답한 마음으로 일기장을 넘겼다. 지난 며칠 동안 억지로 먹은 게 얼마나 많았던가!

살짝 문을 잠근 뒤 음악을 틀고는 설사약을 얼른 삼켰다. 그런 다음 패치워크 양탄자 위에서 윗몸 일으키기를 일단 50번 하고, 지쳐서 몸이 후들후들 떨리고 꼼짝도 할 수 없을 때까지 어떻게든 계속 더 했다. 그러자 배에서 근육이 느껴졌다. 그 느낌에 마음이 약간 놓였다.

움직임이 칼로리를 연소했으니까.

나는 지쳐서 바닥에 그대로 누워 있었다. 여기서는 침대 밑이 잘 보였다. 먼지 뭉치들이 굴러다녔다. 제일 뒤편, 벽 바로 앞에는 엊그제 점심때 먹던 접시가 그대로 놓여 있었다. 음식 때문에 또 싸우고 내 방으로 도망쳤을 때, 엄마가 접시를 들고 방까지 따라왔던 것이다.

"세라피나, 끝까지 다 먹어."

썩은 저 음식이 냄새를 풍기기 전에 오늘 밤에는 꼭 변기에 쏟아야 할 텐데.

침대 밑에는 다른 것도 있었다. 먼지가 묻은 종이 몇 장이었다. 그쪽으로 힘겹게 팔을 뻗었다. 이게 뭐지? 아, 역사 시험지구나. 화가 나서 시험지를 구겼다. '가'를 받은 시험지였다. 성적 옆에는 담임선생님의 글씨가 적혀 있었다. '세라피나, 무슨 일이야? 실망스러운 성적이네.'

빌어먹을! 왜 모두 나를 비난하는 거지? 왜 나는 하는 일마다 실패할까?

내일이면 어네스티네와 프리츠가 돌아온다. 프리츠를 다시 볼 일이 두려웠다. 요즘 자주 그랬듯이 몸이 또 떨렸다. 스팀을 끝까지 돌렸지만, 한 시간 뒤에도 여전히 추웠다.

다음 날, 프리츠와 어네스티네가 계단에서 무거운 가방을 끌며 집 안으로 들어가는 소리가 들려왔다. 나는 그냥 내 방에 있었다. 잠시 뒤에 어네스티네가 우리끼리 정한 신호대로 초인종을 누르는 소리가 들렸지만 문을 열어주지 않았다. 다행스럽게도 집에는 나밖에 없었다.

곧장 문자 메시지가 왔다.

세라피나, 어디 있어? 집에 돌아오면 우리 집에 들러. 프리츠는
라일라 집에 갔어. 나 혼자라서 심심해. 어네스티네.

하지만 나는 그냥 침대에 누워 있었다.

프리츠가 라일라 집에 있다고…….

몸이 좋지 않았다. 새 약은 다이어트 알약과는 아주 달랐다. 설사만 하는 게 아니라 심각한 경련이 일어날 만큼 배가 아팠다. 피곤했다. 피곤하고 추웠다. 게다가 지난밤에 또 프리츠 꿈을 꾸었다.

'세라피나, 그렇게 뚱뚱하다니 참 안됐다.'

프리츠가 이렇게 말하며 얼굴을 찌푸렸다.

'뚱뚱한 여자아이들은 보기 흉해. 아무도 만나려 하지 않아. 그거 몰라?'

'알아.'

내가 나지막하게 대답하자 프리츠가 다시 물었다.

'알면서 왜 그렇게 뚱뚱해?'

나는 아무 말도 하지 않았다.

'세라피나, 너 점점 더 뚱뚱해지고 있어!'

프리츠는 구역질난다는 듯이 나를 바라보았다. 나도 내 모습을 보았다. 체중계 위에 서 있었는데, 물컹한 살이 출렁거리며 사방으로 부풀어 올랐다.

그러자 프리츠는 몸을 돌려 얼른 자리를 떴다.

"안 돼, 안 돼, 안 돼!"

나는 이렇게 중얼거리다가 잠에서 깼다. 자리에 누운 채 절망에 빠져, 어두운 내 방에 드리운 검은 그림자를 노려보았다. 얼굴은 또 눈물로 젖어 있었다. 그러다가 힘겹게 몸을 일으켜, 양탄자 위로 올라가 어둠 속에서 한참 동안이나 체조를 했다. 하는 내내 눈물이 그치지 않았다. 뚱뚱하고 굼뜬 아이가 되기 싫었다. 아름다워지고 싶었다. 어네스티네처럼, 레아처럼, 라일라처럼…….

"세라피나, 안녕?"

주말에 마틸다 이모가 또 우리 집에 왔다.

"안녕하세요?"

"더 말랐구나."

"아니에요. 정말 아니라고요."

이모는 생각에 잠긴 표정으로, 소파에 누워 텔레비전을 보는 나를 바라보았다. 그러다가 엄마가 있는 부엌으로 들어가더니 문을 닫았다.

"세라피나, 뭐 먹고 싶어?"

잠시 뒤에 문이 다시 열리고 엄마가 나와서 물었다.

"왜 물어요?"

나는 의심스러운 눈길로 되물었다. 왜 모두 요즘 음식에 관한 이야기를 자꾸 하지? 예전에는 그러지 않았는데.

"칠리 요리를 할까? 아니면 외식할래? 아니면 구운 감자와 계란 프라이를 먹을까? 너 구운 감자 좋아하잖아."

"외식해요!"

승마를 하러 갔다가 막 돌아온 마리아가 소리쳤다.

"나 무진장, 무진장, 무진장 배고파요!"

나는 짜증스러워 그냥 어깨만 으쓱했다. 음식 생각을 하기 싫었다. 사실 나도 무진장 배가 고팠다. 오늘 아침에는 빵을 몇 입만 먹고 쓰레기통에 버리는 데 성공했다. 점심때는 엄마와 싸우고 혼자 내 방에서 음식을 마저 먹어야 했다. 하지만 소스를 얹은 스파게티 접시는 아직도 내 옷장에 있었다.

누가 안 볼 때 얼른 변기에 버려야지. 그걸 먹지 않은 대신 오후에 숙제를 하면서 사과와 바나나를 하나씩 먹고 미네랄워터를 1리터 마셨다.

이모네 쌍둥이는 집 안을 시끄럽게 뛰어 돌아다니며, 미친 듯이 소리를 질러댔다.

"맥도날드! 맥도날드! 맥도날드!"

"맞아요, 맥도날드!"

마리아도 맞장구를 쳤다.

"거기 가도 돼요?"

부모님이 패스트푸드를 싫어했기 때문에, 우리는 평소에 맥도날드에 거의 가지 않았다.

이모와 엄마가 기묘한 시선을 교환하는 모습이 보였다.

"안 될 거 없지."

엄마가 이렇게 말하고는 내 쪽을 바라보았다. 엄마의 시선은 여전히 이상했다.

"너도 가고 싶어?"

맥도날드는 예전에는 언제나 우리 집의 싸움거리였다.

"아니요."

나는 화가 나서 웅얼거리며 대답했다.

내키지 않았지만, 어쨌든 모두 맥도날드로 갔다.

쌍둥이는 해피 밀 메뉴를 하나씩 주문했다.

이모는 치즈와 계란이 들어간 샐러드와 야채 햄버거를 골랐다.

엄마는 이마를 찡그리며 알록달록한 메뉴판을 살펴보다가, 먹을 만한 것을 하나 찾아냈다. 엄마는 예전에 단 한 번도 맥도날드에서 뭔가 먹은 적이 없었다.

"너는?"

주문을 끝낸 엄마가 물었다. 사람들의 시선이 갑자기 모두 나를 향했다.

"잘 모르겠어요."

나는 당황하여 중얼거렸다.

주문을 받던 남자 종업원도 나를 바라보았다. 내 주문을 컴퓨터에 입력하려고 손가락을 이미 자판에 올려놓은 채.

"자, 어서!"

이모가 조바심을 치며 말했다.

실내 공기가 후덥지근했다. 기름 냄새, 건강을 해칠 것 같은 나쁜 냄새, 뭔가 오래 묵은 듯한 냄새가 풍겼다.

"그래, 얼른 주문을 해!"

마리아가 옆에서 채근했다.

머릿속이 빙빙 돌기 시작했다. 어떻게 해야 하지? 아무것도 먹고 싶지 않았다. 먹고 싶지 않았다. 먹고 싶지 않았다.

하지만 내 배는 요란하게 꼬르륵거리고 있었다. 다른 사람들도 모두 분명히 들었을 터였다.

"샐러드 주세요."

내가 나지막하게 말했다.

"작은 걸로요."

"잘 안 들립니다."

종업원이 나를 바라보았다.

"샐러드요. 저기 저걸로."

나는 불이 들어온 메뉴판에서 알록달록한 작은 사이즈 샐러드를 가리키며 약간 목소리를 높여 대답했다.

"감자튀김도 주시고요."

엄마가 덧붙이며 내 옆으로 와 섰다. 우리 뒤에 기다리는 줄이 길게 늘어서 있었다.

"아니에요."

내가 작게 말하자, 엄마도 똑같이 나지막하게 말했다.

"주세요."

맥도날드 종업원은 우리가 주문한 것들을 재빨리 쟁반에 담아주었다. 우리는 어린이 코너 부근의 식탁으로 향했다.

배가 고파서 몸이 덜덜 떨렸다. 쟁반 위에는 종이 봉지와 종이 상자에 포장된 음식들이 산더미처럼 쌓여 있었다. 우리는 식탁에 자리를 잡고 앉아, 각자가 주문한 것들을 골라냈다.

어지러울 정도로 배가 고팠다.

감자튀김 냄새가, 엄마가 주문한 치킨 샌드위치 냄새가, 내 옆에 앉은 마리아가 포장을 벗기고 있는 토마토와 치즈 햄버거 냄새가 풍겨왔다.

나는 손을 떨며 샐러드에서 치즈와 햄 조각을 골라내기 시작했다.

"세라피나, 제발 좀 그만해라."

엄마가 이마를 찡그리며 말했다.

"난 고기 안 먹어요. 엄마도 알잖아요!"

나는 쇳소리를 내며 대꾸했다.

"그래도 치즈는 먹으렴. 얼마 되지도 않잖아."

나는 아무 말도 하지 않았다. 치즈 조각은 두꺼웠고, 기름기로 번들거렸다. 절대 먹을 수 없어!

엄마는 감자튀김 봉지를 내 쪽으로 밀면서 물었다.

"케첩이랑 마요네즈 중에 어느 걸 찍어 먹을래?"

나는 얼른 고개를 젓고, 샐러드에 묻은 분홍색 소스를 포크로 최대한 긁어내고는 한 잎을 천천히 입에 넣었다.

"감자튀김도 먹어. 식으면 맛이 없으니까."

엄마가 말했다. 감자튀김을 아직 건들지 않은 건 마리아도 마찬가지인데, 마리아에게는 아무 말도 하지 않았다. 마리아는 언제나 햄버거부터 먹었다.

마리아 손에 들려 있는 햄버거를 바라보았다. 내 샐러드에 있는 치즈 조각보다 훨씬 기름지고 구역질나게 보였다. 저런 걸 내가 예전에 도대체 어떻게 먹을 수 있었을까? 마요네즈가 손가락으로 흘러내리자, 마리아는 그걸 빨아먹었다.

나는 얼른 미네랄워터를 한 모금 마셨다. 다른 사람들은 모두 환타를 주문했다.

속이 메슥거렸다.

먹으려고 정말 애를 썼지만 잘 넘어가지 않았다. 나를 뺀 나머지 사람들은 모두 금방 먹어치웠다.

"엄마, 세라피나 누나는 왜 아무것도 안 먹어요?"

팀이 마틸다 이모에게 물었다.

"우리가 누나 감자튀김 먹어도 돼요?"

이번에는 샘이 물었다.

나는 고개를 들지 않았지만, 모두 나를 바라보고 있다는 것을 느낄 수 있었다.

"그건 누나가 먹을 거야."

이모가 차분하게 대답했다.

"원래 감자튀김을 아주 좋아하니까. 세라피나, 그렇지?"

나는 어쩔 줄 몰라 입을 다물고 있다가, 감자튀김에 힘겹게 손을 뻗었다. 감자튀김은 차갑고 뻣뻣하고 기름졌다. 입에 집어넣었다. 또 하나, 다시 하나 더……. 그러다가 고개를 들었다. 모두 나를 바라보고 있었다.

내 입 속은 질퍽하고 기름진 감자튀김으로 가득했다. 삼키기를 잊었던 것이다. 자리에서 벌떡 일어나 화장실로 뛰어 들어가, 질척거리는 감자튀김을 변기에 뱉었다. 그런 다음 입을 여러 번 물로 헹구고 식은땀이 난 얼굴도 씻었다.

맥도날드는 화장실에서도 음악이 흘러나왔다.

"쉬즈 소 프리티, 쉬즈 어 스타She's so pretty, she's a star ……."

브리트니 스피어스가 부드러운 목소리로 나를 위해 노래를 불렀다. 거울을 바라보고 있자니 처량한 생각이 들었다.

"누나, 왜 그래?"

자리에 돌아오자 샘인지 팀인지가 물었다. 둘은 목소리도 똑같았다.

나는 아무 대꾸도 하지 않았다.

"샘, 세라피나 누나는 음식을 먹는 데 문제가 있어."

이모가 대답했다. 그러나 이모는 샘에게뿐 아니라 우리 모두에게 말한 거였다.

"점점 더 마르려고 하지. 뭐가 자기에게 좋은지도 몰라."

나는 바보 같은 그 말을 토막토막 자르고 싶었다. 나는 뭐가 나에게 좋은지 물론 알고 있었고, 음식을 먹는 데도 문제가 없었다.

"맥도날드 감자튀김이 건강에 좋지 않다는 거야 확실하

죠."

나는 분해서 중얼거렸다. 하지만 다른 말은 하지 않았다.

모두 식사를 끝내고, 쌍둥이는 놀이 코너에서 펄펄 뛰어다니며 놀았다.

"이제 가도 돼요?"

내 물음에 이모가 되물었다.

"네가 먹던 샐러드는?"

나는 대답을 하지 않았다. 이모가 도대체 왜 계속 끼어들지? 그리고 엄마는 왜 아무 말도 하지 않는 거야?

우리는 모두 조용히 입을 다물고 한참 동안이나 앉아 있었다. 마리아는 휴대폰으로 게임을 했다.

나는 손을 떨며 이따금 플라스틱 포크로 샐러드 잎이나 양파 링에서 기름진 샐러드 소스를 긁어냈다. 한 번은 오이 조각에서도 긁어내고 마지못해 씹어 먹었다.

"샐러드 소스가 별로 맛이 없네."

입을 다물고 있는 사람들에게 변명하듯 말했지만, 아무도 대답하지 않았다. 우리 뒤편에서 샘과 팀이 소란을 피우는 소리만 들렸을 뿐.

"이제 더 이상 이런 식으로 살 수 없어."

엄마가 갑자기 이렇게 말하고는 의자에서 벌떡 일어났다.

그래서 드디어 가게를 나올 수 있었다.

우리 부엌에 갑자기 목록이 등장했다.

"저게 뭐예요?"

아침 식탁에서 목록을 본 내가 물었다.

'아침: 점심: 오후: 저녁:'이라고 적혀 있었다.

"네가 먹는 걸 기록할 거야."

엄마가 이렇게 대답하며 내 접시를 내려다보았다. 나는 빵 한 조각에 버터를 얇게 바르던 중이었다.

"세라피나, 너 이제 더 이상 살을 빼면 안 돼."

엄마가 말을 이어갔다.

"그리고 체중계가 없어졌던데, 네가 가져갔니?"

나는 짜증스럽게 고개를 끄덕였다. 믿을 수 없었다. 왜 이렇게 감시를 하지? 내가 죄수라도 되나?

"여름 이후로 10킬로그램도 더 빠졌어. 그렇지?"

간수가 심문했다. 엄마 목소리에서 악의가 묻어나는 듯했다.

나는 아무 대답도 하지 않았다. 계단에서 어네스티네와 프리츠의 목소리가 들려왔다.

"요즘 너 어네스티네도 안 만나지?"

엄마가 캐고 또 캐고 캐물었다.

"처음에는 모세를 만나지 않겠다며 전화가 와도 없다고 하라더니, 이제는 어네스티네도……"

"엄마, 제발 좀!"

내 목소리에서도 악의가 묻어났다.

"세라피나, 난 너를 걱정하는 거야."

나는 여전히 빵을 앞에 두고 앉아 있었다. 뭘 발라야 하지? 카망베르 치즈가 놓여 있었지만, 그건 지방 덩어리나 마찬가지였다. '지방 60퍼센트!' 경고하듯 포장에 아주 크게 쓰여 있었다.

카망베르 말고도 지방에 푹 담갔다 뺀 것 같은 이탈리아 훈제 햄, 번들거리는 둥근 지방 조각이 박혀 있는 물컹하고 거대한 소시지도 있었다.

마리아가 먹는 초콜릿 크림 병과 잼 병도.

초콜릿 크림 역시 도저히 먹을 수 없었으므로, 빵 위에 딸기 잼을 얇게 발랐다.

엄마가 목록에 기록을 하고, 내 도시락을 싸기 시작했다. 빵에 버터를 두껍게 바르고, 두껍게 썬 카망베르 치즈도 넣었다. 그러고는 나를 생각하는 척하며 상추 한 잎을 빵 사이에 끼워 넣고는 랩으로 쌌다.

"고마워요."

하지만 물론 먹지 않을 작정이었다. 지난 몇 달 동안 한 번도 도시락을 먹은 적이 없었다. 곁눈질을 해보니, 엄마가 빵 옆에 사과와 바나나를 하나씩 넣는 게 보였다.

엄마는 도시락을 싼 다음, 내가 아침을 다 먹을 때까지 그대로 식탁에 버티고 앉아 있었다. 코코아를 마실 때도.

엄마가 싫었다.

아침을 먹은 다음 공원에서 달리기를 했다. 너무 지쳐 몸을 떨며 나무에 기대서야 할 정도가 될 때까지 뛰었다. 1교시에는 지각하겠지만, 상관없었다. 음악 시간이라 별로 중요하지도 않았다.

그러다가 갑자기, 내가 예전에는 음악 수업을 좋아했다는 사실이 떠올랐다. 모든 것이 달랐던 예전에는.

그러나 나는 이런 생각을 얼른 밀어냈다. 체육 수업인 3, 4교시를 놓치지 않는 게 중요해. 운동은 칼로리를 연소하니까. 특히 지난 몇 주 동안 마크 선생님은 지구력 훈련을 시키시니까 늦으면 안 돼.

오늘 아침에 쟀을 때 내 체중은 50킬로그램이었다.

이제 얼마 안 있으면 성공을 거둘 수 있어. 아주 날씬해질 거야. 곧 모든 것이 좋아지겠지.

"또 달리는구나?"

누군가 불쑥 말을 걸었다. 나처럼 거의 매일 공원을 달리는 중년 부인으로, 지금까지는 늘 미소만 주고받았다.

나는 고개를 끄덕이고 미소를 지으려고 했지만, 너무 지쳐 그것조차 할 수 없었다. 마비된 듯 힘이 없어서 나무에 기대선 채 그냥 있었다.

"너무 지나치게 하면 안 돼. 알겠니?"

부인은 이렇게 말하고는, 지금까지와는 다른 표정으로 미소를 지었다.

나는 대답하지 않았다.

"아주 훌륭해! 정말 좋아졌구나!"

지구력 훈련을 할 때 마크 선생님이 이렇게 외치고는 칭찬하듯 웃어 보였다.

"이번 학기에는 의심할 여지없이 '우'를 받겠다. 세라피나, 앞으로도 계속 그렇게 해!"

기뻤다. 지난번 성적은 '양'이었다.

"너 살도 무척 많이 빠졌어."

수업이 끝난 뒤, 탈의실에서 루치에가 이렇게 말하며 나를 훑어보았다.

"그래, 정말이야."

키라가 맞장구를 쳤다. 다른 아이들도 갑자기 모두 나를 바라보았다.

"어떻게 한 거야?"

이제 나보다 더 뚱뚱해 보이는 알리아가 물었다.

나는 쑥스러워 어깨를 으쓱했다가, 잠시 뒤에 대답했다.

"그냥 조금 덜 먹어. 조깅도 가끔 하고."

나도 반 아이들의 일원이 된 것을 깨달았다. 기뻐서 맥박이 빨라졌다.

나중에 아이들과 함께 운동장을 걸을 때, 다가오는 봄의 냄새를 처음으로 맡을 수 있었다. 하늘은 연한 파랑이었다. 나는 다른 아이들 뒤에서 천천히 걸었다. 아이들은 걸으면서 빵과 작은 빵과 샌드위치를 꺼내 들었다. 빵을 씹어서 삼키고, 또 베어 무는 아이들을 보고 있자니 배가 고파 죽을 것만 같았다. 나는 천천히 바나나를 벗겨 아주 조금 깨물었다. 예전에는 음식에 대해 별로 생각하지 않았는데, 이제는 언제나 음식 생각만 했다.

배가 꼬르륵거렸다. 하지만 내 빵은 이미 쓰레기통에 들어 있었다. 오늘 아침 일찍 공원에 도착하자마자 쓰레기통에 던져버렸다.

버터와 크림치즈를 바르고 햄을 얹은 빵, 통닭, 라자냐, 토마토와 버섯을 곁들이고 파프리카로 양념한 스테이크, 생크림 소스를 얹은 토르텔리니, 스파게티와 팬케이크, 모차렐라를 넣은 리소토, 그리고 또……

그때 모세가 눈에 들어왔다. 모세는 혼자 운동장 끝에 서서, 자그마한 풀밭 위의 허공을 멍하니 바라보고 있었다.

더 뚱뚱해진 것 같았다. 옷차림은 또 어떤가. 아이들의 놀림감이 되고 있다는 사실을 왜 깨닫지 못할까? 꽃무늬가 있는 거대한 분홍색 셔츠와 낡아서 해진 넓은 청바지를 입고 있었다. 발에는 부슬부슬 보풀이 일어난 초록색 끈에 굽도 닳은 낡은 군화를 신고 있었다. 풀어 헤친 짙은 곱슬머리가 지저분하게 이리저리 흩날렸다. 서글픈 어릿광대처럼 보였다. 슬프고 외로운 어릿광대⋯⋯.

나는 천천히 그쪽으로 다가갔다. 전혀 그러고 싶지 않았는데도, 발걸음이 절로 그쪽으로 옮겨졌다. 멀리서 수업종이 울렸지만 모세는 신경도 쓰지 않는 눈치였다. 내가 옆에 가서 서자 모세는 깜짝 놀랐다. 먼저 입을 연 사람은 모세였다.

"몰라 보겠네."

모세가 말했다. 검은 니켈 안경 테 뒤의 눈이 나를 꼼꼼히 훑어보았다.

"모세⋯⋯."

일단 입을 뗐지만, 뭐라고 해야 할지 알 수 없었다.

"세라피나 조르다노, 성냥개비처럼 살이 빠진 네 모습이 마음에 들어?"

모세가 말을 이었다.

내가 대답하지 않자, 모세가 나지막하게 말했다.

"너는 예전에도 예뻤어."

"그렇게 생각한 사람은 너뿐이야."

나도 모세만큼이나 나지막하게 말했다.

우리는 아주 잠깐 마주 보았다. 지난가을에 운동장에서 모세네 반 아이들이 모세를 밀치던 모습이 떠올랐다.

"모세, 뚱뚱한 사람을 좋아하는 사람은 아무도 없어."

나는 조심스럽게 입을 열었다.

"넌 뚱뚱하지 않았어."

이렇게 말하는 모세에게 나는 짜증을 내며 대답했다.

"뚱뚱했어!"

그러나 모세는 고개를 저었다.

"넌 그저…… 지금처럼 바짝 마르지 않았던 것뿐이야."

우린 다시 마주 보았다. 바람이 점점 더 심하게 불어와, 공기 중에 있던 봄의 기운을 쓸어갔다.

나는 마침내 용기를 냈다.

"모세, 살을 조금 빼는 게 어때?"

그러나 모세 얼굴을 바라보지는 못했다.

"왜?"

모세는 어깨를 으쓱했다.

"어쩌면 나는 자발적으로 뚱뚱한 건지도 모르지. 뚱뚱하고 외로운 어릿광대. 그러면 적어도 다른 사람들이 웃을 수 있으니까……."

내가 생각했던 것과 거의 똑같은 말을 모세가 하니 기분이 무척 이상했다. 나는 당황하여 모세를 바라보았다. 추웠다. 그리고 끔찍하게 배가 고팠다. 프리츠가 보고 싶었다. 모세는 이제 기이하고 낯설어졌다. 내 배가 꼬르륵 소리를 냈다.

"너 공원에서 조깅하는 거 봤어."

그 순간 모세가 다시 입을 열었다.

"네가 걱정된다."

"말도 안 되는 소리."

내가 웅얼거렸지만, 모세는 계속 말을 이어갔다.

"내가 너의 어떤 점을 좋아했는지 말해볼까?"

그게 무슨 의미가 있는지 알 수 없었지만, 나는 다시 중얼거리듯 대답했다.

"마음대로 해……."

"좋아."

모세는 두툼한 손으로 내 팔목을 잡고, 나를 뚫어지게 바라보았다.

"네가 웃는 모습을 좋아했어. 이탈리아에 대해 이야기하는 네가 좋았어. 브루노에게 아무나, 무엇이나 쫓아가지 않도록 가르쳐준 너를 좋아했어. 연초록 네 눈동자를 좋아했어. 아름다운 머리카락도, 그리고 부드러운 피부도."

그러고는 갑자기 내 팔을 놓고 달려가버렸다.

나는 혼자 남았다. 힘이 하나도 없었다.

의사 선생님에게 가야 했다. 엄마가 아무 말도 하지 않고 나를 병원으로 끌고 갔다.

"왜요? 난 아프지 않아요!"

짜증을 내며 중얼거리는 나에게 엄마는 아무 대답도 하지 않았다.

내 이름을 부르는 소리가 들리자 엄마도 나와 함께 자리에서 일어났다.

"아니요, 나 혼자 들어갈 거예요."

그러고는 혼자 들어갔다.

좀머 선생님이 내 맥박과 혈압을 쟀다.

"도대체 내가 왜 여기 왔는지 모르겠어요."

선생님은 내 반사운동을 검사하고, 눈과 목과 귀를 진찰했다. 마지막으로 체중도 쟀다.

"세라피나, 몸무게가 새털 같구나."

선생님은 미소를 지으며, 『섭식장애 인지와 치료』라고 쓰인 소책자를 내 손에 쥐어주었다. 그러고는 이제 가도 좋다고 말했다.

"사 주 후에 다시 오렴."

내가 나가려고 문에 막 다다랐을 때 선생님이 말했다.

"올 수 있겠지?"

"예, 예."

나는 건성으로 대답하고 문을 닫았다.

대기실에서 내 재킷을 꺼내 들고, 다른 사람의 외투 주머니에 소책자를 몰래 넣었다. 내가 그걸로 뭘 하랴?

모든 것이 비현실적으로 변했다. 나는 흐릿한 나날들이 이어지는 소용돌이 속으로 침몰했다. 드디어 봄이 왔다. 이제 더 이상 몸이 떨리지 않았다. 적어도 그건 느낄 수 있었다. 끔찍한 냄새를 풍기는 내 방에 따뜻한 햇살이 비쳤다. 체중계가 사라져, 몰래 새것을 사서 내 방 옷장에 감추어두었다.

엄마와 아버지는 제노바에 사는 여자 때문에 또 싸웠다.

아버지 회사에도 문제가 생겼다.

마리아는 말에서 떨어져 팔꿈치 관절을 다쳤다. 두 번이나 수술을 받아야 했다.

내 몸무게는 49킬로그램, 47킬로그램, 45킬로그램이 되었다.

늘 피곤했다. 갑자기 생긴 복통은 이제 거의 늘 시달리는 통증이 되어 익숙해졌다.

주치의에게 예약이 되어 있었지만 가지 않았다. 최근에 집에 여러 가지 나쁜 일이 겹쳐, 내가 병원에 가지 않은 것을 아무도 알아채지 못했다.

"세라피나, 도대체 무슨 일이야?"

담임선생님이 물었다.

"아무 일도 없는데요."

나는 이렇게 대답하고는, 이미 교실을 나선 루치에와 키라와 알리아를 따라가려고 했다. 그 아이들을 붙잡는 사람은 아무도 없었다. 왜 모두 나만 귀찮게 구는 걸까?

"너 아주 많이 말랐어."

선생님이 나를 훑어보았다.

"그냥 살을 조금 뺐어요."

"조금 뺀 게 아니야."

선생님은 이렇게만 말하고는 이제 그만 나가보라고 했다. 얼른 교실을 나왔지만, 화살처럼 등에 와 박히는 선생님의 시선을 느낄 수 있었다.

"오늘 저녁에 내 생일 파티를 할 거야."

운동장으로 나오자 알리아가 말했다.

"너도 올래?"

알리아가 나를 바라보았다.

나는 고개를 끄덕였다. 믿을 수 없었다. 다른 아이에게서 처음으로 초대를 받았다. 내가 이제 뚱뚱하지도 굼뜨지도 않고 더 이상 모세와 어울려 다니지 않기 때문에, 오로지 그 이유에서 가능한 일이었다.

점심때 집에 들어서다가 계단에서 어네스티네를 만났다.

"안녕."

어네스티네가 말을 걸었다.

"안녕."

나도 그렇게 받았다.

그런 다음 우리 둘 모두 입을 다물었다. 우리는 요즘 거의 만나지 못했다. 어네스티네가 몇 번 우리 집 초인종을 눌렀지만, 나는 오후에는 대부분 너무 피곤해서 손님을 맞을 수 없었다. 또 정해놓은 분량의 체조도 해야 했고, 숙제도 해야 했다. 저녁 무렵에는 공원에서 조깅을 할 때도 많았다.

그러자 어네스티네가 초인종을 누르는 횟수가 줄어들었다. 레아가 와서 어네스티네와 함께 나가는 모습을 내 방에서 몇 번 목격하기도 했다.

자전거에 올라타고 출발하는 프리츠도 가끔 보았다. 프리츠를 보면 마음이 아팠다. 그러나 나는 더 이상 프리츠를 사랑하지 않았다. 아니, 증오했다. 밤마다 꿈에 나타나 나에게 하는 행동 때문에……. 프리츠는 점점 더 뚱뚱해지는 나를 바라보다가 구역질난다는 듯이 몸을 돌렸다. 게다가 프리츠에게는 터키 여자아이도 있지 않은가. 그 아이를 사랑한다고 했지…….

더 이상 프리츠를 보고 싶지 않았다. 하지만 나를 보여주고 싶기는 했다. 프리츠와 다른 모든 사람에게 내가 아름답고 날 씬하다는 것을 보여주고 싶었다.

난 할 수 있어.

"어제 너희 엄마가 우리 집에 올라오셨어."

어네스티네가 복도에 서서, 이상한 눈길로 나를 바라보며 말했다.

"아, 그래?"

나는 이렇게만 대꾸하고 더 이상 묻지 않았다. 얼른 집으로 들어가고 싶었다. 물을 마시고 뭔가 조금 먹고 싶었다. 내 방 도 치워야 했고, 또 피곤하기도 했다. 누워서 잠시 쉬고 싶었 다. 그런 다음 시내로 나가 알리아 생일 선물을 살 예정이었 다. 내가 제일 좋아하는 책, 슈나이더의 소설 『오르가니스트』 를 주려고 마음먹었다. 우리가 아직 친구였을 때 모세가 나에 게 선물한 책이었다.

"너희 엄마가 무슨 말을 했는지 알고 싶지 않아?"

어네스티네가 물었다.

나는 관심 없다는 듯이 어깨를 으쓱했다. 그런데도 어네스 티네는 말을 이어갔다.

"네가 계속 살이 빠지는 문제 때문이었어. 너희 엄마가 걱 정하셔."

"말도 안 되는 소리."

나는 짜증스럽게 대답하고는 배낭에서 집 열쇠를 찾아 꺼냈다.

"글쎄, 그럴까……?"

어네스티네가 말했다.

현관문을 열었다. 집에 아무도 없는 모양이었다. 조용했다. 엄마가 아직 직업학교에 있나?

"세라피나……."

어네스티네가 말을 꺼냈지만, 나는 얼른 문을 닫았다. 복도는 잠시 쥐죽은 듯 조용했다. 그러다가 멀어지는 어네스티네의 발소리가 들려왔다. 나지막하게 복도를 울리는 소리였다.

일단 부엌으로 가서 물을 한 컵 마셨다. 점심때면 늘 물을 마셨다. 이렇게 하면 굶주린 배가 잠시 진정이 되었다. 요즘은 배고픈 느낌이 예전과 완전히 달랐다. 아주 이상한 허기였다. 꼬르륵거림과 복통과 배에 따끔거리는 상처가 있다는 느낌들이 뒤섞인 허기. 하지만 음식을 먹고 싶지는 않았다. 소스를 얹은 스파게티나 팬케이크나 구운 감자는 생각하기만 해도 속이 메슥거렸다. 내 방으로 가면서 조용한 집의 분위기를 즐겼다. 엊그제 두 번째 팔꿈치 수술을 받은 마리아는 아직 병원에 있었다.

하지만 내 예상은 빗나갔다. 나는 혼자가 아니었다. 엄마가 내 방에 있었다. 엄마는 침대 모서리에 앉아, 아무 말 없이 나를 바라보았다. 엄마 주위는 끔찍할 정도로 어지러웠다. 옷장이 활짝 열려 있고, 서랍장의 서랍들도 모두 나와 있었다. 그 속에 감추어두었던 것들이 방 여기저기에 흩어져 있었다.

오래된 국수 요리 접시.

소스와 콩이 들어간 감자 요리 접시.

캐러멜 푸딩 디저트와 이미 오래전에 녹아버린 초콜릿 아이스크림.

쓰레기통 옆에 놓인 아침 식사용 작은 빵과 한두 입 깨물다가 만 빵 몇 조각.

단단하게 묶은 봉지 속에는 어제 먹던 야채 경단이 들어 있었다.

"세라피나, 이게 다 뭐지?"

엄마가 착 가라앉은 목소리로 물었다.

"왜 이래요? 왜 내 방을 뒤졌어요?"

나는 미친 듯이 소리를 지르며 옷장 문을 세차게 닫았다.

"냄새가 났어. 그래서 뒤졌지."

엄마는 아무런 표정 변화도 없이 나에게서 눈을 떼지 않고 대답했다. 오래된 엄마 사진이 떠올랐다. 아버지 책상 위에 놓인 붉은색 사진틀에 들어 있는 사진. 사진 속의 엄마는 바람 부는 쾰른 성당 꼭대기에서 머리카락을 날리며 웃고 있었다. 무척 아름다웠다. 아름답고, 젊고, 행복해 보였다. 그러나 이제는 뚱뚱하고, 서글퍼 보이고, 더 이상 웃지 않았다. 다이어트도 하지 않고, 아버지가 제노바 여자와 다시 통화를 한 다음부터는 일본어 강좌에도 발을 끊었다.

우리 집에 도대체 무슨 일이 벌어진 걸까?

엄마가 자리에서 일어나 부엌에서 커다란 쓰레기 봉지를 가지고 왔다. 그러고는 오래되어 썩은 음식들을 모두 봉지에 쏟아 붓기 시작했다. 엄마가 그러는 동안 나는 창밖을 내다보았다. 엄마가 싫었다. 도대체 어떻게 내 물건들을 뒤질 생각을 했을까?

"세라피나, 좀머 선생님에게 다시 가라."

엄마는 일을 끝낸 뒤에, 말없이 서 있는 내 등에 대고 말했다.

"이번에는 나도 같이 갈 거야."

그런 다음 부엌으로 가서 점심 식사를 준비했다. 부엌에서 들리는 소리는 적군이 내는 소리였다.

"세라피나, 어서 나와!"

나는 전투태세를 갖추고, 부엌문을 천천히 열었다. 엄마는 이미 식탁에 앉아 있었다. 내 접시에는 진한 생크림 소스에 잠긴 커다란 감자 세 개와 푹 삶은 브로콜리가 산더미처럼 쌓여 있고, 그 옆에는 기름 냄새를 풍기는 계란 프라이가 놓여 있었다.

절대, 절대, 절대 먹을 수 없는 양이야!

"맛있게 먹어."

엄마가 말했다.

"너무 많아요."

나는 나지막하게 대답했다.

"절대 못 먹어요."

엄마는 내 방에서 나온 음식물 쓰레기를 담아 꼭 묶어 문간에 세워둔 쓰레기 봉지를 건너다보았다. 누군가 아래에 있는 큰 쓰레기통으로 가지고 내려가야 했다.

"먹을 수 있어."

엄마가 음식을 씹으며 말했다. 그 모습만 봐도 구역질이 났다.

"엄마, 제발 좀……."

나지막하게 말하는 내 목소리는 간청하는 것처럼 들렸다.

"학교에서 오다가 빵집에서 치즈 빵을 사 먹었어요. 너무…… 배가 고팠거든요……."

나는 엄마의 눈길을 피하며 중얼거렸다.

"세라피나, 거짓말하지 마."

엄마가 슬픈 목소리로 말했다.

"정말이에요……."

다시 입을 여는데, 긴장해서 몸이 떨리는 게 느껴졌다.

"어서 먹어."

"너무 많아요."

"아니, 많지 않아."

그래서 먹기 시작했다. 먹으면서 절망스러워 울었다. 엄마는 왜 나를 다시 뚱뚱하고 흉측해지라고 강요하는 걸까?

눈물이 접시에 떨어졌다. 음식 냄새 때문에 구역질이 나서 미칠 것만 같았다. 토할 것 같은 느낌, 터질 것 같은 느낌, 도망쳐야 한다는 생각뿐이었다.

"세라피나, 어서 먹어."

포크를 내려놓으려 할 때마다 엄마는 이렇게 되뇌었다.

나는 먹고, 먹고, 또 먹었다.

"봤지? 먹을 수 있잖아."

식탁 건너편에서 엄마 목소리가 들려왔다. 적군의 목소리. 왜 나에게 이런 짓을 하는 거야? 나는 얼굴이 푹 젖도록 울며 콧물을 들이켰다. 몸이 퉁퉁 붓고 가득 차는 느낌……, 학대를 당하는 느낌이었다.

엄마는 음식을 다 먹고 일어나, 냉장고에서 요구르트를 두 개 꺼내왔다. 나는 드디어 접시를 모두 비우고, 정신이 멍한 채 포크를 내려놓았다.

"이것 봐라. 네가 제일 좋아하는 복숭아 바닐라 요구르트야."

엄마는 텅 빈 내 접시를 아무 말도 없이 세척기에 넣었다.

방금 나를 다시 뚱뚱하고 흉측한 괴물로 만들어 놓고서도 마치 아무 일도 없었다는 듯이.

"요구르트는 나중에 먹을게요."

나지막하게 말하자, 엄마는 한참 망설이며 나를 바라보다가 고개를 끄덕였다.

"그래, 그렇게 하렴."

엄마가 노랗고 작은 플라스틱 요구르트 용기를 내밀었다.

"또 어딘가에 숨기지 않을 거라고 믿으마."

엄마는 벽에 붙은 목록에 요구르트도 써넣었다. 내가 이미 먹기라도 한 것처럼.

"알았어요."

웅얼거리며 대답하고는 내 방으로 도망쳐 와서 문을 잠갔다. 이곳은 나의 세계였다. 나는 옷장 위의 낡은 양철통 속에 숨겨둔 설사약을 얼른 꺼내서는, 알루미늄 포장에 든 약 두 알을 누른 다음 물도 없이 삼켰다. 그러고는 안도의 숨을 내쉬었다. 이제 소름 끼치는 그 기름진 음식들이 내 몸에 아무런 영향도 끼치지 못한 채 모두 미끄러져 내려갈 것이다.

이제 요구르트만 남았다. 재킷 주머니에 요구르트를 집어넣었다. 시내에 갈 때 가지고 나가서 버릴 작정이었다.

그런 다음 얼른 부드러운 양탄자 위에 누워 체조를 했다. 배가 가득 차고 부풀어 오르는 느낌이었다. 구역질이 났다.

윗몸 일으키기를 하는데 또 눈물이 흘렀다.

체조를 한 다음 시내로 나갔다. 요구르트는 교차로에 있는 쓰레기통에 던져버렸다. 배가 시끄러운 소리를 내며 아파오기 시작했다. 음식을 모두 배설시킬 알약, 기름기 많은 모든 음식에서 나를 해방시켜줄 알약. 그래서 배가 아파도 싫지 않았다. 싫기는커녕 오히려 안심이 되었다. 대로를 따라 힘겹게 걸어 내려갔다. 원래 자전거를 타고 오려고 했지만, 너무 힘이 없어 탈 수 없었다. 요즘 가끔 혈액순환 때문에 곤란을 겪었다. 그럴 때면 아주 잠깐이긴 했지만 눈앞이 새까매졌다. 한번은 자전거를 타고 가는데 교차로에서 그런 일이 일어나서 무척이나 당황하기도 했다.

지금도 똑같은 문제가 생겼다. 빨리 걸으니 눈앞에서 별들이 춤을 추었다.

완전히 지쳐서 시내에 도착해 서점으로 향했다. 그러나 내가 찾는 책은 없었다. 짜증을 내며 다른 서점으로 갔다. 뭔가 먹고 있는 사람들이 계속 눈에 들어왔다. 시내는 온통 그런 사람들로 가득했다.

왜 인간은 늘 먹어야 할까? 하루 종일, 그리고 어디서나.
곳곳에서 음식 냄새가 풍겼다. 프레첼, 구운 소시지, 감자전, 피자, 감자튀김……. 그 모든 것들이 섞인 음식 냄새는 끔찍한 악취가 되어 발걸음을 옮길 때마다 내 뒤를 바짝 쫓아왔다. 나는 점점 더 불안해졌다. 배도 점점 더 아파왔다.

두 번째 서점에도 찾는 책이 없었다.

어떻게 해야 할지 몰라 서점 바깥에 그냥 서 있었다. 감자와 생크림 소스, 야채와 계란으로 가득 찬 내 배는 불이라도 붙은 듯이 아팠다. 그 자리에 드러누워 사지를 오므려 몸을 둥글게 말고 싶었다. 눈앞에서 다시 별들이 춤을 추었다. 부풀어 오른 배 속에서 뭔가 따끔거렸다.

"아야!"

나는 징징거리며 배 속에서 들리는 소리에 귀를 기울였다. 꾸르륵, 쿵쾅거리는 소리가 점점 더 커졌다. 곧 무슨 일이 벌어질지 그제야 번쩍 깨달았다.

최대한 빨리 화장실로 가야 한다! 당황하여 정신없이 주위를 둘러보았다. 어떻게 해야 하지? 그냥 아무 가게나 들어가서, 화장실을 사용하게 해달라고 부탁할까? 창피한 일이잖아. 하지만 제시간에 화장실에 가지 못해 사람들 앞에서 바지에 싸기라도 하면?

배가 다시 경련을 일으켰다. 어떻게 해야 하나? 필사적으로 거리를 훑어보았다. 생선 가게가 눈에 들어왔다. 그 옆은 보석상, 그 옆은 청바지 가게, 또 그 옆은 되너 케밥 가게였다.

어디로 가야 하지? 왜 카페는 안 보일까? 제일 가까운 카페나 레스토랑은 어디 있지?

하지만 어차피 너무 늦었다. 이제 바로 여기서, 시내 한복판에서 바지에 싸겠다!

땀이 너무 많이 나서 등이 흠뻑 젖었다. 등줄기로 흐르는 땀이 느껴졌다.

청바지 가게는? 넓은 진열창 안으로 젊고 멋진 남자 직원이 보였다. 저 남자에게는 도저히 물어볼 수 없어!

보석상은? 유리문으로 안쪽을 들여다보았다. 세련되게 차려입은 엄해 보이는 중년 여성이, 내가 자기 가게를 털 사람이라도 된다는 듯이 적의에 찬 눈으로 노려보았다.

나는 다시 되너 케밥 가게를 살폈다. 그러나 거기에는 남자들밖에 없었다.

"죄송한데, 화장실 좀 쓸 수 있을까요?"

쩔쩔매던 나는 결국 생선들이 늘어선 판매대 뒤에 서 있는 어떤 아주머니에게 물었다. 나이 든 아주머니는 흰 앞치마를 입고 있었다. 생선 냄새 때문에 속이 울렁거렸다. 내 목소리는 금방이라도 울음을 터뜨릴 것처럼 들렸다.

"그럼요, 되고말고요."

아주머니는 싹싹하게 말하며 미소를 지었다.

그러더니 천천히 판매대 끝으로 가서, 계산대 옆의 못에 걸려 있는 열쇠를 건네주었다.

"저쪽 뒤편 계단 옆의 초록색……."

"고맙습니다!"

나는 말이 끝나기도 전에 얼른 소리를 지르고는 아주머니가 가리킨 초록색 문을 향해 미친 듯이 달렸다. 화장실에서 급히 바지를 내렸지만, 이미 일은 시작된 뒤였다. 변기에 털썩 주저앉은 나는 내 평생 가장 끔찍한 설사를 만났다.

일을 본 뒤, 서글픈 마음으로 화장실 옆에 있는 작은 쓰레기통에 더러워진 팬티를 집어넣었다. 변은 다리에도 묻어 있었다. 구역질이 났다. 창피했다. 하지만 어쨌든 내 몸은 기름기 많고 메스꺼운 쓰레기를 다시 쏟아냈다. 젖은 휴지로 더러운 곳을 대충 닦았다.

그런 다음 비틀거리는 걸음으로 최대한 빨리 걸어 집으로 돌아와 샤워를 했다. 머리부터 발끝까지 덜덜 떨렸다. 알리아에게 줄 선물을 사지 못했지만, 그건 이제 상관없었다. 안 가면 되지 뭐…….

어차피 너무 피곤해서 침대에 눕고 싶었다. 뜨거운 물로 샤워를 하면서도 몸이 떨렸다. 미친 듯이 몸을 문지르는 동안에도 이가 딱딱 부딪쳤다. 복통은 이제 사라졌다. 배가 비어 다시 납작해졌고, 소리도 나지 않았다. 안도의 숨을 내쉬고는 갈비뼈를 하나씩 차례로 만져보았다. 처음에 왼쪽을, 그다음에 오른쪽을. 그런 다음 골반 뼈와 허벅지, 가느다란 무릎을 검사하듯 쓸어보았다. 좋아, 조금씩 살이 빠지고 있군. 오늘 낮에 약을 두 알 먹길 잘했어.

이제 곧 날씬해질 거야.

그러면 더 이상 약을 먹지 않아도 돼. 모든 게 좋아질 거야.

샤워를 마치고는 피곤에 지쳐 목욕 가운을 걸치고 침대로 갔다.

"어제 어디 있었어?"

다음 날 알리아가 운동장에서 물었다.

"몸이 좋지 않았어. 두통이 심했거든."

나는 얼른 거짓말을 했다. 하기야 그건 거짓말도 아니었다. 정말 머리가 아팠고, 머리부터 발끝까지 얼음처럼 차가웠으니까. 어쩌면 독감에 걸리는 건지도 모르지. 어네스티네도 감기에 걸려 침대 신세를 지고 있었다. 오늘 아침에 그 아이 엄마를 계단에서 만나서 알게 된 일이었다.

"너도 창백하고 아파 보이는구나. 우리 어네스티네 감기도 그렇게 시작했단다."

어네스티네 엄마는 이렇게 말하고는 손을 흔들고 사라졌다. 다행스럽게도 프리츠는 보이지 않았다.

"안타깝다. 정말 재미있었거든."

알리아가 미소를 지으며 말했다.

"커다란 냄비에 치즈 퐁뒤를 한가득 해서 배가 터지기 직전까지 먹었어."

'어제 가지 않은 게 얼마나 다행이야!'

나는 속으로 안도의 숨을 내쉬었다.

오전 시간에 독일어 시험을 보았는데, 도무지 정신을 집중할 수 없었다. 조용한 교실에서 내 배가 어찌나 크게 꼬르륵거렸는지, 다른 아이들이 들을 것 같아 걱정스러웠다. 그래서 배가 소리를 낼 때마다 불안해서 발로 바닥을 긁거나 헛기침을 하거나 낮게 기침을 해댔다.

"세라피나, 어디 아프니?"

슈미트 선생님이 내 자리로 와서, 텅 빈 내 시험지를 내려다보았다.

"무슨 일이야? 아직 시작도 하지 않았구나."

"저기…… 제가…… 몸이 아파요."

눈앞에서 교실이 빙글빙글 돌고, 그 소용돌이 속에서 밝은 별들이 춤을 추었다.

선생님은 나를 찬찬이 살펴보고는 집으로 보냈다.

집은 조용했다. 나는 곧장 내 방으로 가서 침대로 기어 들어갔다. 햇살이 방 안으로 들어왔다. 오늘 마리아가 퇴원해서

오겠구나……. 그러나 너무 배가 고파 경련이 일어날 정도여서 마리아를 곧 잊어버렸다. 아침으로 차 한 잔만 마셨지만, 엄마는 나보다 먼저 집을 나섰으므로 다행히 이런 사실을 몰랐다. 오늘 아침 내 몸무게는 42킬로그램이었다. 벽의 목록에 "버터와 크림치즈 바른 빵 하나"라고 써넣었다.

알리바이를 위해 빵 하나와 버터와 크림치즈를 조금 덜어 봉지에 넣고는, 학교에 가는 길에 버렸다.

도대체 왜 이렇게 추운 걸까? 이불로 몸을 돌돌 말고는 꼼짝도 하지 않고 누워 있었다. 창문 너머로 새들이 지저귀는 소리, 아래 뜰에서 비둘기들이 구구거리는 소리가 들려왔다.

듣기 좋았다. 베개에 얼굴을 묻고 잠을 자려고 애를 썼다.

왜 따뜻해지지 않을까? 눈이 스르르 감겼지만 잠은 오지 않았다. 밤을 거의 뜬눈으로 새웠는데도……. 새벽까지도 설사가 그치지 않아 계속 화장실로 달려야 했다. 이제 조금은 먹어야 하지 않을까? 조심스럽게 일어나 부엌으로 천천히 걸어갔다. 복도에서 다시 어지러워져서 벽에 잠깐 기대서야 했다. 그런 다음 부엌까지 겨우 걸어갔다. 냉장고 문을 열고 살피며 망설였다. 아니야, 아무것도 먹지 않는 게 좋아. 차라리 야채 국물을 한 컵 마시자. 손가락이 뻣뻣하고 떨렸다. 식탁에 앉아 야채 국물을 천천히 한 모금씩 마셨다.

정말 감기에 걸리려나.

바로 그때 전화벨이 울렸다. 그대로 울리게 내버려두었다. 오전에는 어차피 나에게 올 전화가 없었고, 모세와 만나지 않은 다음부터는 오후에도 거의 없었다. 자동응답기가 시작되는 소리가 들렸다. 수화기 저편에서 담임선생님 목소리가 들려왔다. 엄마에게 내가 집에 잘 도착했는지 묻고는, 전화를 부탁한다고 말했다. 되도록 빠른 시일 내에 학교에 와서 상담하기를 바란다는 말도 덧붙였다. 나는 이마를 찡그렸다.

저게 무슨 소리지? 지금까지 한 번도 없던 일이잖아. 요즘 내 성적이 좋지 않아서 그러는 건가? 짜증스러운 기분으로 자리에서 일어나, 빈 컵을 세척기에 넣고는 자동응답기 내용을 지웠다. 침대로 다시 돌아가는데, 이번에는 현관 초인종이 울렸다. 오늘 도대체 무슨 일이람? 내키지 않는 마음으로 현관문을 아주 조금만 열었다. 어네스티네였다.

"네가 오는 걸 창문으로 봤어."

어네스티네는 이렇게 말하고는 다짜고짜 안으로 들어왔다. 목욕 가운을 걸치고 목에는 두꺼운 머플러를 두르고, 털이 복슬복슬하고 두꺼운 잿빛 코끼리 실내화를 신고 있었다. 나도, 프리츠도 똑같은 신발이 있었다. 어네스티네와 지난가을 시내로 쇼핑을 갔다가 우연히 산 신발이었다. 그때의 삶은 지금과 아주 달랐던 것 같아 갑자기 마음이 혼란스러워졌다.

나에게 처음 세상은 이탈리아였다. 그다음은 모세와 보낸 시간이었고, 그다음은 어네스티네와 즐겁게 보내던 세상이었다. 프리츠를 좋아하던 시간…….

그런데 지금 나는 어디에 있을까?

점점 더 몸이 떨려 니트 재킷을 꽁꽁 여몄다.

"너도 아파?"

어네스티네는 기침을 하며 묻고는 먼저 내 방으로 들어갔다. 머릿속에서는 영원처럼 생각되는 아주 오랜 시간이 지난 뒤였다. 잠깐 망설이다가 어네스티네의 뒤를 따라 들어가, 바로 침대로 기어 들어갔다.

어네스티네는 옆에 앉아 나를 내려다보았다.

"음, 나는 목이랑 귀가 아프고 기침을 해."

어네스티네가 손가락을 꼽으며 말하고는 얼굴을 찡그렸다.

"너는 어때?"

나는 어깨를 으쓱하고는 그냥 있다가, 나지막하게 대답했다.

"두통. 두통만 있어."

"아이고, 그럼 우리는 바이러스조차도 다르구나."

어네스티네가 웃음을 터뜨렸다.

"그럼 내가 너한테 내 바이러스를 몇 개 줄 테니, 넌 네 바이러스를 조금 줘. 어때? 똑같이 아프면 더 재미있을 거야."

우린 서로 마주 보았다. 그러다가 어네스티네가 갑자기 입을 열었다.

"세라피나, 내가 이런 말을 해도 될까?"

나는 듣기 싫은 이야기라는 걸 금방 알아챘지만, "뭔데?"라고 물었다.

"세라피나, 넌 살을 너무 많이 뺐어."

어네스티네가 천천히 말을 이어갔다.

"그리고 다른 면에서도 너무 많이 변했어. 프리츠 오빠도 그런 말을 하더라. 네가……."

"집어치워!"

얼른 말을 중단시켰다. 듣고 싶지 않았다.

"도대체 왜 모두 나를 괴롭히는 거지? 너도 말랐잖아. 레아도 그래. 그리고 라일라라는 아이는 훨씬 더 말랐고……."

"아니, 라일라도 너처럼 마르지는 않았어."

어네스티네가 끼어들었다. 그런 말을 하는 게 너무 얄미웠다. 나를 좀 내버려둬, 모두 나를 가만 두란 말이야! 드디어 조금 살을 빼는 데 성공했는데, 왜 모두 이렇게 흥분하는 거야? 무슨 이유인지는 모르지만, 내가 뚱뚱한 괴물이었을 때가 사람들 마음에 더 들었던 모양이다.

"이것 봐, 세라피나."

"내버려두라고!"

"하지만……."

"하지만은 무슨 하지만!"

나는 말을 이으려는 어네스티네에게 짜증을 내며 소리를
질렀다.

그러자 어네스티네는 자리에서 일어나 방을 나갔다. 나는
재킷을 입고 조깅을 하러 나섰다. 몸을 조금 움직이면 분명히
기분이 나아지겠지? 맑은 공기는 건강에 좋으니까.

나는 달리고, 달리고, 또 달렸다.

집에 와보니 엄마가 마리아를 병원에서 데리고 와 있었고,
외할머니도 계셨다.

"세라피나, 우리 부엌에 있어!"

엄마가 소리쳤다.

"팬케이크 굽는 중이야. 몇 분 뒤에는 먹을 수 있어."

나는 떠는 모습을 아무에게도 들키지 않으려고 욕실로 도
망쳤다. 몸이 왜 이럴까? 팔과 손과 손가락이 미친 듯이 떨렸
다. 얼른 문을 잠그고 바닥에 주저앉았다. 머리도 가만히 있
지 못하고 마구 흔들렸다.

"세라피나, 어서 나오렴!"

엄마가 욕실 문을 두드렸다.

"예, 금방 나갈게요!"

짜증이 나서 소리쳤다. 목소리도 떨렸다.

"별일 없어?"

"예!"

쉿소리를 내며 대답했다.

버터에 구운 팬케이크 냄새가 욕실 안까지 스며들었다. 조심스럽게 천천히 몸을 다시 일으켰다. 거울 속의 내가 나를 바라보고 있었다.

머리를 빗고 이를 닦고 얼굴에 크림을 바른 다음, 파란색 아이라인을 눈 아래에 얇게 그렸다.

떨림이 서서히 줄어들었다. 양치질하는 컵으로 물을 한가득 받아 얼른 마시고는 내 방으로 살짝 들어갔다. 예방 차원에서 설사약을 미리 한 알 먹었다. 그러고는 엄마와 할머니가 앉아 있는 부엌으로 갔다. 마리아는 이미 식사를 끝내고 복도에서 친구와 전화를 하고 있었다.

나는 마지못해 천천히 팬케이크를 먹었다.

"맛이 어때? 좋아?"

엄마가 물었다.

"예."

그렇게 대답했다. 엄마가 듣고 싶은 대답이 그거라는 걸 알고 있었으니까.

"하나 더 먹으렴."

할머니가 말했다.

"아니에요."

"수업은 어땠어?"

"만날 똑같죠, 뭐."

슈미트 선생님이 나를 집으로 보냈다는 말은 꺼내지도 않았다. 전화를 했다는 말도.

빌어먹을 목록에 내가 먹은 팬케이크를 써넣는 엄마의 모습을 곁눈질로 훔쳐보았다.

이 모두 얼마나 멍청한 짓거리인가.

"세라피나, 코코아를 마저 마셔라."

"빵에 잼을 그렇게 얇게 바르지 마."

"감자를 하나 더 먹어."

사는 게 점점 더 힘들어졌다.

설사약을 계속 새로 사야 했다.

다이어트용 잼을 몰래 사서 상표를 조심스럽게 떼어냈다. 그런 다음 예전에 먹던 잼 병에 수증기를 쬐어 상표를 떼어내, 새로 산 다이어트용 잼 병에 붙였다.

"잼 맛이 이상해."

며칠 뒤에 마리아가 말했다. 하지만 마리아 말고는 아무도 눈치채지 못했다. 나는 한숨 돌리고, 몰래 들여와 변장시킨 다이어트용 잼을 먹었다.

　"너 내일 좀머 선생님께 예약되어 있어."

　엄마가 말했다.

　하지만 병원에 가는 일은 생기지 않았다. 말도 안 되는 귀
찮은 예약에서 나를 해방시켜준 사람은 제노바에 사는 여자
였다.

　"육 주 뒤에 아기를 낳는다며?"

　그날 저녁, 침실에서 엄마가 속삭이는 소리가 들렸다.

　"조르지오, 거짓말이지?"

　"내 아기가 아니야. 아만다, 정말 맹세할 수 있어."

　아버지도 목소리를 낮추어 대답했다.

　나는 닫힌 문 앞에 얼어붙은 듯 서 있었다.

　"하지만 그 여자가 전화로 나에게 당신 아기라고 말했단
말이야!"

　속삭이듯 말하는 엄마의 목소리는 떨렸다. 금방이라도 울
음을 터뜨릴 것 같았다.

　엄마와 아버지는 거의 밤새도록 싸웠다. 그러다가 아버지
가 현관문을 세차게 닫고 나가버렸다.

　그래서 내 병원 예약은 아무도 눈치채지 못하고 그냥 지나
갔다.

계단에서 프리츠를 만났다. 혼자가 아니었다. 지난겨울에 생일 파티에 왔던 친구들과 함께 있었다.

"세라피나, 안녕?"

프리츠가 이상한 시선으로 나를 바라보며 말했다. 나는 시선을 피했지만 맥박이 빨라졌다. 더 이상 좋아하지 않는데—그건 확실했다—왜 이러지?

"시간 좀 있어?"

프리츠가 말을 이었다. 시선이 여전히 이상했다. 생일 파티 때 라일라를 바라보던 시선은 얼마나 달랐던가.

"글쎄…… 잘 모르겠어."

나는 안절부절못하며 대답했다.

"네가 선물한 영화 함께 보기로 했잖아. 벌써 잊었어?"

"아니."

나는 고개를 저었다.

"오늘 저녁은 어때?"

"좋아. 아니, 어쩌면……."

말을 더듬으며 대답하자니 점점 더 불안해졌다.

프리츠 친구들은 벌써 내려갔다.

"프리츠, 얼른 와!"

그중 한 명이 소리쳤다.

"위에서 도대체 뭐 하는 거야?"

다른 한 명이 조바심을 치며 물었다.

"해골이랑 수다를 떨고 있어."

또 다른 한 명이 대답하자, 모두 웃음을 터뜨렸다.

우리 둘의 시선이 아주 잠깐 부딪혔다. 나는 얼른 고개를 돌렸다.

"미안."

프리츠가 나지막하게 말했다. 그러나 그때 나는 이미 몸을 돌려 집으로 들어온 뒤였다.

저녁에 프리츠가 우리 집 초인종을 눌렀지만 나가지 않았다. 처음에는 프리츠가, 나중에는 어네스티네가 내려왔다.

나는 침대에 누워 꼼짝도 하지 않았다. 엄마에게는 생리를 해서 몸이 불편하다고 미리 말해두었다. 문간에서 엄마가 프리츠에게, 내가 몸이 아프다고 말하는 소리가 들렸다. 물론 생리 이야기는 하지 않았다.

생리……

나는 자리에 누워, 마지막으로 생리를 한 때가 언제인지 기억해내려고 애를 썼다. 벌써 몇 주가 지난 것 같았다. 이상하네. 주기가 상당히 규칙적이었는데…….

배가 꼬르륵 소리를 냈다. 텅 비어서 상처가 난 듯이 아팠다. 생리가 멎었다는 사실은 허기에 묻혀 곧 잊어버렸다.

나는 저녁때 식탁에 앉아, 엄마가 접시에 올려준 오믈렛을 뚫어지게 노려보았다. 아버지는 여전히 회사에서 주무셨다.

전화벨이 울리자 엄마가 거실로 가며 마리아에게 말했다.

"언니가 먹는지 잘 지켜봐."

마치 마리아가 내 동생이 아니라 엄마의 공범이라도 된다는 듯이.

마리아는 깁스를 한 팔을 무릎에 올려놓은 채, 내 쪽을 건너다보며 고개를 살짝 끄덕였다.

부엌에는 우리 둘뿐이었다.

나는 재빨리 자리에서 일어나, 오믈렛을 음식물 쓰레기통에 쏟고는 다른 쓰레기 사이로 깊숙이 밀어 넣었다.

"미쳤어?"

마리아가 놀라 물었다.

"조용히 해."

"엄마는? 엄마가 돌아오면 뭐라고 해? 왜 그런 짓을 하는 거야?"

우리는 서로 얼굴을 마주보았다. 하지만 나에게는 무기가 하나 있었다.

"아까 네가 니나와 통화하는 걸 들었어."

나는 목소리를 낮추어 말했다. 니나는 마리아와 가장 친한 친구였다.

"너 오늘 말 탔지? 깁스를 한 팔로 말을 타면 안 되는데 말이야. 팔꿈치가 아직 다 낫지 않았잖아. 넘어지면 수술한 게 모두 헛수고가 되는 거지."

마리아는 무슨 말인지 금방 알아들었다. 그래서 엄마에게 내가 한 일을 이르지 않았다.

며칠 내내 비가 내렸다. 이렇게 비가 많이 오는 봄은 생전 처음이었다. 이제 두 달 뒤면 나는 열다섯 살이었다.

오늘 아침에 재보니 41킬로그램이었다.

"세라피나, 네 부모님 어떻게 된 거니? 전화해달라고 했는데."

담임선생님이 물었다.

"몰라요."

나는 짜증스럽게 대꾸하고는 자리를 떴다.

종교 시간에 아프리카에 관한 영화를 한 편 보았다. 선생님이 블라인드를 내려놓아 교실 안이 어두웠다. 나는 코르넬리우스와 알리아 사이에 앉아 있었다.

기아에 시달리는 흑인 아이들의 모습이 화면에 흐릿하게 어른거렸다. 바짝 마른 여자가 아기를 팔에 안고 나지막하게 울고 있었다. 죽은 아기였다. 아기 머리 주위로 파리들이 날아다녔다.

"야, 세라피나! 너 저기 있다!"

갑자기 베네딕트가 고함을 쳤다. 반 아이들 몇 명이 웃음을 터뜨렸다. 그 아이들은 예전에도 나를 놀렸다는 생각이 들었다. 그때는 뚱뚱한 돼지라고 했지…….

"조용히 해!"

선생님이 소리쳤다.

"베네딕트 말에 신경 쓸 거 없어. 원래 구역질나는 놈이잖아……."

알리아가 내 귀에 속삭였다.

마지막 두 시간은 휴강했으므로 종교 시간이 그날 마지막 수업이었다.

"시내로 놀러갈까?"

키라가 말했다.

"아니면 아이스크림 사 먹으러 갈까?"

알리아가 주위를 둘러보며 물었다.

"너도 갈래?"

루치에가 물었지만, 나는 고개를 젓고 얼른 자리를 떴다. 차라리 그 시간에 한 바퀴 뛰고 싶었다. 집에 가서 점심을 먹기 전에…….

달리는데 비가 내리기 시작했다. 이유도 모르게 눈물이 흘렀다. 얼굴에 와 닿는 차가운 빗물이 뜨거운 눈물과 섞였다. 눈앞의 모든 것이 흐릿해졌다.

그때 갑자기 모세가 나타났다.

"세라피나, 기다려!"

모세가 소리치며 내 팔을 세차게 붙잡았다.

나는 깜짝 놀라 움찔했다. 모세가 공원에서 뭘 하는 거지?

"놔. 달려야 해."

나는 숨을 몰아쉬며 팔을 뿌리쳤다.

"제발 좀! 잠깐이면 된단 말이야!"

모세는 붙잡은 내 팔을 놓지 않았다. 할 수 없이 그 자리에 멈추어 섰다.

비가 우리 머리 위로 쏟아졌다. 나는 얇은 청 재킷만 걸쳤지만, 모세는 또 양모 판초를 입고 얼룩말 무늬 장화도 신고 있었다. 내 머리카락에서 빗방울이 뚝뚝 떨어졌다.

"무슨 일이야?"

나는 퉁명스러운 목소리로 푹 젖은 가짜 산더미에게 물었다. 그 산더미는 한때 나와 가장 친했던 친구였다. 모세의 안경도, 얼굴도, 온통 빗방울로 가득했다. 마치 우는 것처럼 보였다. 그러나 모세는 우는 게 아니었고, 나도 울지 않았다. 어쨌든 이제는 더 이상 눈물이 나지 않았다.

"세라피나, 나는…… 나는……."

모세는 나를 바라보다가 다시 입을 다물었다.

"뭐?"

나는 신경질적으로 물었다.

"넌 무서울 정도로 말랐어."

모세가 나지막하게 말했다.

"그래서?"

나는 곧장 으르렁거렸다.

"그게 너랑 무슨 상관이지? 내가 조금 살을 빼는 게 뭐 그렇게 나쁘냐고! 넌 점점 더 뚱뚱해지고 있어. 그게 더 나은 거야? 넌 내가 다시 뚱뚱해져서 너랑 다시 친해지기를 바라는 것뿐이야!"

모세는 내 말에 깜짝 놀라는 표정이었다. 놀라는 게 보였다.

"모두 날씬해!"

나는 빗속에 대고 소리를 질렀다. 갑자기 엄청난 분노가 치밀어 올랐다.

"그런데 나만 날씬해지면 안 돼! 도대체 그 이유가 뭐지? 설명 좀 해봐!"

자기 외모에 별 불만이 없는 모세의 둥근 얼굴을 후려치고 싶었다.

"너는 지금 다른 아이들보다 훨씬 더 많이 말랐어. 그걸 몰라?"

모세가 말했다. 모세도 갑자기 화가 난 것 같았다.

"그렇다면 얼마나 좋겠어? 이 멍청한 놈아!"

나는 소리를 지르며 한 발자국 뒤로 물러났다. 모세에게서 벗어나 달리고 싶었다. 몸을 움직여야 했다. 이제 곧 엄마가 점심 식사 때 또 감시하며 내가 먹은 것들을 목록에 기록할 텐데……. 어제 다이어트 책에서 읽었는데, 일주일 안에 6킬로그램이 늘기는 너무나 쉽다고 쓰여 있었다. 빌어먹을, 정말 조심해야 해! 여기서 쓸데없이 모세랑 서 있을 시간이 없어!

"세라피나, 나는……."

저 타령은 끝날 줄을 모르네. 도대체 무슨 말을 해야 나를 그냥 내버려둘 건가?

"모세, 날 따라다니며 감시하는 짓은 이제 집어치워!"

나는 고함을 치고 다시 달리기 시작했다.

"더 이상 보고 싶지 않아. 알아들었어? 꼴도 보기 싫다고!"

눈앞이 흐릿해졌다. 그러나 계속 달렸다.

마리아가 고자질을 했다. 오믈렛 사건은 일주일도 더 지났는데, 이제 와서 도대체 왜 일러바쳤는지 알 수 없었다.

"세라피나, 체중계에 올라서!"

집에 도착하자마자 엄마가 소리를 질렀다.

나는 머리부터 발끝까지 젖어 오슬오슬 떨고 있었다. 하지만 떠는 것은 좋지? 칼로리를 연소하니까.

"무슨 일이에요?"

"너 음식을 또 몰래 버렸잖아!"

엄마가 소리를 지르며 내 팔을 거실로 잡아당겼다.

"마리아가 털어놨어!"

"아, 그래요? 그럼 자기가 팔을 다쳤는데도 몰래 다시 말을 탄다는 말도 했나요?"

나도 소리를 지르며 응수했다. 춥고 화도 나서 이가 딱딱 부딪쳤다.

엄마가 사라졌던 체중계를 거실 장에서 끄집어냈다. 정말 감추었구나!

"지금 그게 문제가 아니야!"

엄마가 다시 소리를 질렀다.

"그렇겠죠. 마리아가 하는 일은 뭐든지 오케이니까요!"

나도 고함을 쳤다.

"그런데 나는 대단찮은 다이어트도 하면 안 돼요? 평생 뚱뚱하고 흉측한 괴물로 살아야 하냐고요!"

잠깐 동안 아주 조용했다.

"세라피나, 옷을 벗고 체중계에 올라서."

엄마는 이제 소리를 지르지 않고 나지막하게 말했다.

"아니, 싫어요."

엄마가 내 재킷을 잡아당겼다.

"싫단 말이에요! 여기 거실은 누구나 들여다볼 수 있잖아

206

요!"

엄마는 알록달록한 커튼을 얼른 당겼다. 주황색과 붉은색 낙타가 그려진 이케아 제품이었다.

낙타들은 내 기분과 상관없이 흥겨운 듯 이리저리 몸을 흔들었다.

"벗기 싫어요!"

나는 낙타 떼를 노려보며 고집을 부렸다.

"그럼 지금 당장 좀머 선생님께 가자."

"엄마, 제발……."

"세라피나, 옷을 벗어. 몇 킬로그램인지 알아야겠다."

어쩔 수 없이 젖은 재킷을 벗어 환한 복도 바닥에 떨어뜨렸다. 재킷 안에는 스웨터를, 스웨터 안에는 티셔츠를, 티셔츠 안에는 브래지어와 코르셋이 연결된 속옷과 러닝셔츠를 입고 있었다.

하나하나 차례로 벗으면서, 따뜻한 침대에 들어가 혼자 있으면 좋겠다고 간절히 바랐다. 눈물이 차가운 뺨 위로 흘러내렸다. 마지막으로 몇 주 전에 산 청바지를 벗었다. 며칠 전부터 허리띠를 하고 입었는데, 앞으로 조금만 살을 더 빼면 죔쇠를 마지막 구멍에 끼울 수 있었다. 그러면 어느 정도 날씬해지는 거니까 그때 다이어트를 끝낼 작정이었다. 우리 가족을 위해 볼로냐 스파게티를 커다란 그릇으로 한가득 요리해서 엄마와 아버지를 놀라게 할 생각이었다. 어네스티네도 초대할 거야. 루치에와 키라, 알리아도. 행복하고 재미있는 날이 될 게 분명한데, 엄마가 이 모든 것을 망쳐버렸다.

이가 계속 딱딱 부딪쳤다. 머리부터 발끝까지 소름이 돋았다.

"세라피나!"

엄마의 고함 소리에 나는 상상에서 벗어났다.

"세라피나, 세상에! 이렇게 말랐다니……."

목소리가 떨리더니, 엄마는 갑자기 울음을 터뜨렸다.

"만져볼 엄두도 못 내겠다."

엄마가 차가운 손으로 벌거벗은 내 팔을 쓰다듬었다. 엄마 눈앞에서 체중계에 올라서야 했다. 몸이 떨렸다.

"40.5킬로그램! 세라피나, 너 제정신이니?"

우리는 서로 얼굴을 마주 보았다.

"왜요?"

나는 나지막하게 물었다.

"저는 좋은걸요. 마리아도 날씬하잖아요. 우리 반 여자아이들도 모두 그렇고, 신문에 나오는 모델들을 보세요. 모두 날씬해요!"

"하지만 이렇게…… 마르지는 않았어. 그리고 모두 너처럼 굵지는 않아! 너는 거의 아무것도 먹지 않잖니. 네 몸은 비타민과 무기질과 탄수화물이 필요해. 아직 성장하는 중이잖아.

과일과 무가당 차만 마시고는 살 수 없어!"

우리는 또 서로 마주 보았다. 그러다가 엄마가 속삭이듯 입을 열었다.

"세라피나, 볼 수가 없을 정도야."

나는 그 말을 듣고 내 방으로 도망쳤다. 미칠 것처럼 몸이 떨렸다. 혼자 있고 싶었다. 절망스러운 심정으로 침대로 기어들어가, 다음 날까지 그냥 누워 있었다.

엄마가 복도에서 아버지와 통화를 하는 소리가 들렸다. 아버지는 곧장 집으로 와서 엄마와 부엌에서 이야기를 나누었다. 그런 다음 점심 식사가 담긴 쟁반을 내 방으로 가지고 왔다. 아버지를 며칠 만에야 본다는 생각이 들었다.

"세라피나, 일을 저질렀구나. 뭘 좀 먹어야 해!"

아버지가 근심스러운 표정으로 말했다. 무슨 걱정을 하는 걸까? 나를? 우리 가족을? 이제 곧 아기를 낳을 제노바 여자를? 그 여자가 아버지 아기라고 주장하는 그 아기를?

"예, 예."

나는 건성으로 대답하고, 쟁반을 내 옆에 내려놓는 아버지를 바라보았다. 쟁반에는 생크림 소스를 얹은 토르텔리니가 산더미처럼 쌓인 접시와 티라미수를 담은 후식 그릇이 놓여 있었다.

구역질을 하며 음식을 바라보다가, 아버지가 나가자마자

두 그릇 모두 얼른 비닐봉지에 쏟고는 최대한 깊숙이 감추었다. 이미 익숙해질 대로 익숙해진 절차였다.

저녁에 쟁반이 또 들어왔다. 버터를 바르고 치즈 두 조각을 올린 두꺼운 빵 한 쪽과 설탕에 절인 사과, 삶은 계란이 놓여 있었다.

나는 화를 내며 옷장 스웨터 아래 감추어둔 새 비닐봉지를 꺼내, 음식을 쏟어 넣었다.

"내일 오후에는 좀머 선생님에게 가자. 이번에는 반드시 데리고 갈 거야. 맹세해."

잘 자라는 말을 하러 들어온 엄마가 말했다. 나는 침대에 배를 깔고 누워, 좋아하는 책 『오르가니스트』를 읽던 중이었다. 소설 속의 엘리아스도 나와 비슷한 처지였다. 아무도 그를 이해하지 못했다. 엘리아스는 완전히 외톨이였다.

"오늘은 많이 먹어서 참 다행이다."

엄마가 말을 이으며, 침대 가장자리에 앉았다.

"세라피나, 어서 힘을 내야지."

"예, 예."

나는 대충 대답하며 계속 책을 읽었다.

"정말 먹었지?"

갑자기 엄마가 질문을 던졌다.

"예!"

책에서 눈을 떼지 않은 채 대꾸했다. 불신하는 엄마의 눈초리가 느껴졌다. 몸으로 전해지는 싸늘하고 악의에 찬 분위기…….

"세라피나!"

엄마가 침대에서 벌떡 일어나더니 옷장 문을 열었다.

"놔둬요!"

나는 소리를 지르며 자리에서 튕겨 일어났다.

그러나 엄마는 가만히 놔두지 않았다.

묶여 있는 비닐봉지 두 개를 발견했다. 벽에 바짝 붙여 제일 꼭대기 칸의 뒤편에 숨겨두었는데도.

"말도 안 돼!"

엄마가 소리를 지르며 몸을 돌리더니, 내 뺨을 후려쳤다.

나는 놀라서 몸을 움찔했다. 눈물이 솟구쳤다. 불이 붙은 듯 얼굴이 화끈거렸다.

아버지가 내 방으로 달려왔다.

"무슨 일이야!"

놀란 아버지가 이탈리아어로 소리쳤다.

엄마는 계속 고함을 지르며 꽁꽁 묶여 있는 지저분한 비닐봉지를 가리켰다. 아무것도 이해할 수 없었다. 나는 나를 주변과 단절시켰다. 엄마가 우는 모습이 먼 곳의 경치처럼 흐릿하게 눈에 들어왔다.

"세라피나, 도대체 왜 이러는 거야? 너 제정신이냐? 이러다가는 죽겠구나!"

욕을 퍼붓는 아버지 목소리가 다시 들려왔다. 여전히 이탈리아어였다.

"날 내버려둬요! 내버려둬! 내버려두라고요!"

나는 맞받아 고함을 치며 귀를 틀어막았다. 머릿속이 빙글빙글 돌았다.

"날 그냥 내버려둬요! 내가 무슨 범죄라도 저질렀나요? 엄마, 엄마가 너무 뚱뚱해졌기 때문에 아빠가 엄마를 더 이상 사랑하지 않는 거라고요. 그것도 몰라요? 아빠가 제노바 여자랑 자는데, 엄마는 왜 자기 문제를 해결할 생각은 하지 않고 나를 다시 뚱뚱하고 흉측하게 만들려고 하는 거죠? 왜? 도대체 왜, 왜요?"

둘이 내 말을 들은 건가? 듣지 않았나?

알 수 없었다. 그러나 엄마와 아버지는 나를 남겨두고 방에서 나갔다. 나는 너무 많이 울었다. 그렇게 많이 울기는 평생 처음이었다. 외톨이라고, 완전히 외톨이라고 느꼈다.

온 세상이 구역질나게 싫었다.

매순간 점점 더 뚱뚱해지는 꿈을 밤에 또 꾸었다. 부풀어 오르는 뚱뚱한 몸 때문에 숨이 막혀 죽을 지경이었다. 그 순간 엄마가 스파게티 접시를 들고 들어왔다.

'세라피나, 먹어!'

먹어! 먹어! 먹어!

엄마가 소리를 지르며, 차가운 손가락으로 내 위턱과 아래턱을 양쪽으로 당겨 입술을 벌렸다.

'먹어! 먹어! 먹어!'

엄마가 얼굴을 바짝 들이대고 소리치고는 스파게티를 내 입에 쑤셔 넣었다. 하지만 그것은 스파게티가 아니었다. 잿빛 벌레들이 입속으로 기어 들어가고 있었다.

누군가 우는 소리가 들렸다. 깜짝 놀라 잠에서 깼다. 우는 사람은 다름 아닌 나였다. 내가 침대에서 일어나 앉은 채 울면서 구역질을 하고 있었다. 토해야 했다. 구역질이 멎지 않았다. 그러나 배가 비어 있었으므로 토할 게 없었다. 배와 머리가, 온몸이 아팠다. 입을 틀어막고 살금살금 욕실로 갔다. 왜 구역질이 멎지 않을까? 엄마와 아버지가 깨면 절대 안 되는데…….

욕실에서 미지근한 물을 조심스럽게 몇 모금 마셨지만, 곧장 다시 토했다. 세면대 모서리를 움켜쥐고 차분하게 숨을 쉬려고 애를 썼다. 배 속이 차츰 진정되어, 땀이 난 얼굴을 물로 씻었다. 머리카락도 땀으로 흠뻑 젖어 있었다. 나는 거울에 비친 내 얼굴을 멍하니 바라보았다. 아니, 저게 뭐지? 몸을 숙여 거울을 자세히 살펴보았다. 거울 전등의 밝은 네온 불빛 아래, 얼굴에 난 이상한 솜털들이 눈에 들어왔다. 오늘 처음 보는 그 솜털들은 아주 짧고 부드러웠으며, 밝은색이었다. 이게 웬 털이지? 너무 놀라 온 몸이 뻣뻣하게 굳었다. 겨드랑이 털도 예전보다 더 많았다.

이게 무슨 일이야? 나는 떨리는 손으로 거울 아래 선반에 놓인 아버지의 면도기를 집어 들고, 물도 묻지 않은 팔과 창백하고 축축한 얼굴을 아무렇게나 이리저리 면도한 다음 차가운 물로 씻어냈다. 이상한 솜털들이 사라졌다. 작은 욕실 창문 밖으로 은빛과 잿빛이 뒤섞인 아침 여명이 밝아오고 있었다.

서둘러 옷을 챙겨 입고 살짝 집을 빠져나왔다. 한 시간 후면 부모님과 마리아가 일어날 테지. 그때까지 사십오 분 정도 조깅할 시간이 있어.

칼로리를 어서 연소해야 해.

머리가 차츰 서늘해졌다. 차갑고 신선한 공기 덕분에 기분이 좋아졌다. 하늘이 밝아오고, 새들이 지저귀며 나무들 사이로 날아다녔다. 내 발걸음은 자갈길 위를 날듯이 미끄러졌다. 이따금 손목시계를 내려다보았다. 아침을 먹어야 하니, 최소한 삼십 분은 달릴 작정이었다. 엄마와 다투기는 했지만 어제는 괜찮은 날이었다. 굵은 소금이 묻은 과자 몇 개와 사과 하나만 먹고 버티는 데 성공했으니까.

해가 떴다. 손목시계를 다시 내려다보았다. 시계가 멈추었나? 오늘 웬일이지? 왜 이렇게 시간이 늦게 갈까?

팔이 점점 더 무거워졌다.

얼굴도 갑자기 마비된 듯 뻣뻣했다.

발걸음이 비틀거렸다.

잠시 쉬어야 하나?

하늘이 가까이 다가오고, 나무들이 나를 에워쌌다.

그러다가 다시 모두 멀리 물러났다.

공기가 무겁게 눌러, 몸이 땅바닥으로 가라앉을 것만 같았다.

지금 내가 꿈을 꾸나? 아직 침대에 누워 있으면서 공원에 있다고 상상하는 건가? 아직 자고 있나?

그래, 나는 아직 자는 거다. 바로 그거야.

다리가 따뜻하고 무거워졌다. 땀이 나는데도 몸이 떨렸다.

엄마……. 엄마 생각이 났다.

아니, 엄마를 불렀던가? 귓속에서, 머릿속에서 내가 엄마를 부르는 듯한 소리가 들렸다. 하지만 어린아이가 아플 때나 엄마를 이렇게 부르는 게 아닌가?

계속 자려고 했지만 잠이 들지 않았다.

혼란스러운 마음으로 침대 위에서 다른 방향으로 몸을 돌렸다.

자고 싶었다, 자고 싶었다, 자고 싶었다.

갑자기 번쩍, 얼굴에 불이 붙은 듯했다.

넘어졌다. 바닥으로 떨어졌다. 얼굴이 딱딱한 돌바닥에 부딪혔다.

지금 여기가 도대체 어디지?

주변이 어두워졌다. 어둡고 따뜻했다. 이제 더 이상 춥지 않았다.

어디선가 새들이 지저귀고 있었다. 남부 프랑스 해변인가?

"얘, 내 말 들리니?"

얼굴 가까이에서 낯선 목소리가 들려왔다. 누군가 내 팔을 흔들고 얼굴을 만졌다.

"의사! 의사 좀 불러줘요! 이 아이가 의식을 잃었어요!"

누가 이렇게 소리를 지르지? 그리고 누가 의식을 잃었다는 거야? 나는 방해받지 않고 잠을 자고 싶었다. 갑자기 몸이 아주 놀라울 정도로 따뜻해졌다.

누군가 다시 나를 건드렸다. 몸이 위로 들린다는 걸 느낄 수 있었다.

벌써 아침인가? 더 자고 싶은데. 아직 날이 밝지도 않았잖아.

갑자기 여러 사람의 목소리가 들렸다.

"뒤로 물러서세요."

"혈액순환이 안 된 모양이네."

"갑자기 쿵 쓰러졌어요."

"거의 매일 아침 보던 아이인데……."

"무리했구나."

"너무 많이 말랐네요."

내 몸이 다시 아래로 내려갔다. 내가 아마 아픈 모양이군. 누군가 내 몸 위로 몸을 숙였다. 열이 나고, 힘이 하나도 없었다.

나는 잠들었다가 깨고, 다시 잠들었다.

주변이 밝아졌다. 눈을 감고 있었지만 알 수 있었다.

"내 말 들리니?"

위에서 누군가 물었다.

내가 지금 어디 있지? 땅바닥이 떨리며 흔들렸다.

나는 조심스럽게 눈을 떴다.

"내 이름은 지나야. 의사지."

하얀 스웨터를 입은 여성이 이렇게 말하며 내 위로 몸을 숙였다.

"응급의학과 의사란다. 넌 공원에서 의식을 잃었어. 이름이 뭐지?"

"세라피나 조르다노."

나는 나지막하게 대답했다. 무슨 말인지 이해할 수 없었다.

무슨 일이 벌어진 거야? 내가 아픈가? 아무 생각도 나지 않았다.

"몇 살이지?"

"곧 열다섯 살이 돼요."

"키는?"

"1미터 68센티미터."

"체중은?"

도대체 무슨 일이야?

"잘 몰라요."

나는 망설이다가 덧붙였다.

"45킬로그램쯤 될 거예요."

여긴 구급차 안이구나! 그제야 지금 어디에 있는지 번뜩 깨달았다. 나는 들것 위에 누워 있었다. 발아래 도로가 느껴졌다. 누군가 담요를 덮어주었는데도 온몸이 떨렸다.

"집에 갈래요."

깜짝 놀라 몸을 일으키려고 했다. 그러다가 잿빛 담요 위에 초록색 넓은 띠가 묶여 있는 것을 보고 소스라치게 놀랐다.

의사 선생님이 내 손을 잡으려고 했지만, 나는 얼른 잡아뺐다. 잡혀서 포로가 된 느낌이었다.

"일어나야 해요!"

나는 불안감에 휩싸여 소리쳤다. 차가 커브를 틀면서 흔들리자, 바닥에 떨어질까봐 겁이 났다. 몸은 여전히 미친 듯이 떨렸다.

"세라피나, 오늘 아침 식사했어?"

의사 선생님의 질문이 혼란한 내 머릿속에 울려 퍼졌다.

'아침 식사라……'

마지막으로 아침 식사를 한 게 언제였던가? 갑자기 울음이 터져 나왔다. 아침 식사 때 먹던 빵의 향기, 신선한 버터와 달콤하고 맛있던 딸기 잼이 떠올랐다. 배부르게 식사를 한 게 도대체 언제였지?

울고, 울고, 또 울다보니 병원에 도착했다. 그러는 동안에 나는 아무 대답도 하지 않았다.

커다란 구급차가 멈추고 차 뒷문이 열리는 모습을 마치 멀리서 관찰하듯이 지켜보았다. 내가 묶여 있는 들것이 움직이더니, 어디론가 굴러가기 시작했다. 옆에 많은 사람들이 있었지만 아는 얼굴은 한 명도 없었다. 나와 이야기하던 여의사조차 흔적도 없이 사라져버렸다.

하늘이 파랬다. 새들이 이리저리 날아다니며 목청껏 지저귀고 있었다. 즐겁고 행복하게 들리는 소리였다. 마지막으로 목청껏 웃어본 게 언제였던가? 행복했던 건 언제였나? 예전에는 모세와 함께 해바라기 밭에 누워, 하늘을 나는 새를 자주 관찰했었다. 그게 언제였나!

하늘이 사라졌다. 나는 하얀색 진료실로 들어가 다른 들것으로 옮겨졌다. 내가 계속 울고 있다는 사실을 깨달았다. 얼굴이 완전히 젖어 있었다. 내가 훌쩍이는 소리가 내 귀까지 들려왔다. 모든 것이 멀고 기이하게 느껴졌다. 누군가 조심스럽게 얼굴을 닦아주었는데, 무척 아팠다. 얼굴이 왜 아플까? 누군가 내 스웨터 소매를 걷으며 말했다.

"약한 진정제를 한 대 놓을게."

팔이 따끔했다.

"무슨 일이 벌어진 거예요?"

힘없는 목소리로 속삭이듯 물었다.

"넌 공원에서 쓰러지면서 얼굴을 다쳤어."

조금 전과 똑같은 목소리가 대답했다.

"나는 지모나이트 의사야. 세라피나, 지금부터 너를 자세히 진찰하려고 해. 네 엄마에게 이미 연락했어. 지금 여기로 오시는 중이야."

"집에 갈래요. 정말이에요."

"그렇게 금방 갈 수는 없어."

내 애원에 의사 선생님은 이렇게 대답하고는, 밝은 전등을 내 눈에 비추었다.

"아, 공원에서 졸도한 원인은 신경성 식욕부진증 같구나."

"그게 무슨 뜻이에요?"

나는 점점 더 피곤하고 나른해졌다.

"네가 거식증에 걸린 것 같다는 소리야."

우리 눈길이 마주쳤다.

"아니, 그럴 리가 없어요."

힘겹게 대답했다. 내 목소리가 낯설고 멀게 들렸다. 눈앞에서 의사 선생님의 얼굴이 사라지고, 나는 다시 잠이 들었다.

모세의 선물, 아일랜드에서 가져온 선물들. 돌과 목걸이, 이상하게 생긴 나무들. 뮤직 박스와 그 외 다른 많은 것들……. 확실하게 생각나지 않는다. 뮤직 박스는 한 번도 열어보지 않았다. 거기에는 어떤 노래가 숨어 있을까.

내 색소폰.

내 세쿼이아.

프리츠.

이탈리아에 사는 병든 우리 논나.

귀가 길고 부드럽고 복슬복슬한 암소 안젤레타.

아기가 생겼다는 제노바 여자의 이름도 안젤레타.

어쩌면 그 아기의 아버지일 수도 있는 우리 아버지.

내 친구 어네스티네.

모든 것이 머릿속에서 빙빙 돈다. 아무것도 붙잡을 수 없고, 아무것도 이해할 수 없다. 너무 춥다. 아니, 더운 건가? 담요가 무겁다. 목이 아프다. 코도 아프고.

온몸이 아프다.

계속 자고 싶은데, 잠에서 깨어난다.

이게 뭘까? 코에 끼워져 있는 얇은 플라스틱 관 때문에 통증이 느껴졌다. 이게 도대체 뭐지? 목에도 뭔가 있는 것 같네. 목에 불이 붙은 것 같았다. 침을 삼키면 정말 많이 아팠다. 내가 누운 침대 옆에는 투명한 비닐 주머니가 매달린 금속대가 서 있었다. 비닐 주머니에서 액체가 똑똑 떨어져 관으로 들어갔고, 그 관은 내 코와 연결되어 있었다.

엄마는 어디 있지? 왜 내가 집이 아니라 여기에 있는 거야? 얼굴에 커다란 반창고가 붙어 있었다. 무슨 일이 있었는지 갑자기 다시 생각났다. 공원에서 넘어져 얼굴에 상처를 입었지? 하지만 그것 때문에 병원에 입원까지 해야 하나?

어떤 의사 선생님이 나를 진찰했더랬지. 나에게 무슨 말을 한 듯한데, 뭐라고 했더라?

"안녕……."

바로 그때 옆에서 어떤 목소리가 들려왔다. 깜짝 놀라 몸을 돌렸다. 창문 옆 침대에 낯선 여자아이가 있었다.

"나는 피아야. 같이 있게 돼서 기뻐. 그동안 혼자 누워 있었거든. 나 어제 맹장염 수술했어."

여자아이가 미소를 지어 보였지만, 나는 의사 선생님이 했던 말이 다시 떠올라 웃을 수가 없었다. '거식증'이라니!

그 순간, 병실 끝에 있는 문이 열렸다.

"세라피나, 안녕?"

내가 방금 생각하고 있던 의사 선생님이 들어왔다. 나는 아무 대답도 하지 않았다. 온몸에서 맥박이 뛰는 게 느껴졌다.

"깨어나서 다행이다."

의사 선생님 뒤에서 아주 뚱뚱한 간호사가 나타났다. 그녀도 미소를 지었지만, 나는 이번에도 웃지 않고 가만히 있었다. 관 때문에 코가 불편하게 눌렸다. 나는 얇은 병원 잠옷을 입고 있었다. 누군가 옷을 벗기고 갈아 입혔는데, 나는 그걸 느끼지도 못했다.

"체온과 혈압만 잴 거야."

뚱뚱한 간호사가 이렇게 말하며 몸을 내 쪽으로 숙였다. 간호사의 몸에서 땀 냄새와 소독약 냄새가 함께 풍겼다. 유방이 엄청나게 컸고, 물렁한 이중 턱이 흔들리고 있었다. 간호사가 신형 체온계를 귀에 잠깐 넣는 동안, 나는 될 수 있는 대로 몸을 작게 웅크렸다. 열을 잴 때 그녀의 푹신한 유방이 내 어깨에 닿았다.

"39.9도예요."

간호사가 의사 선생님에게 말했다. 그러고는 혈압을 재더니, 잠시 뒤에 "90과 60이에요"라고 말했다. 그런 다음 병실을 나갔다. 나가기 전에 무척이나 이상한 말을 했다.

"불쌍한 우리 아가씨, 이제 모든 게 좋아질 거야……."

그러면서 내 이마를 쓰다듬었다.

간호사가 왜 이러지? 나를 불쌍하게 여기는 듯한 목소리였다. 간호사는 모세보다 훨씬 뚱뚱했다. 왜 뚱뚱한 사람들만 나를 좋아하는 걸까?

그리고 왜 열이 나지? 나한테 지금 무슨 일이 벌어진 거야?

"세라피나, 거식증은 무척 위험한 악성 질병이란다."

의사 선생님이 불쑥 입을 열었다. 하얀 셔츠에 달린 명찰에 '프리츠 지모나이트 박사'라고 쓰여 있었다.

이름이 프리츠였다. 내 배가 경련을 일으켰다.

"암이나 에이즈는 모든 사람이 두려워하지. 그런 질병들은 모두가 적이라고 생각하고 아주 심각하게 대해. 그래서 그런 병에 걸리면 누구든 위험에 처했다는 걸 금방 깨닫는단다. 하지만 거식증은 달라. 누구나 약간의 체중 감량은 좋다고 생각하니까. 그러나 언제부터 문제가 되는지는 아무도 모른단다. 그래서 순식간에 아주 위험해질 수도 있어."

지모나이트 선생님이 진지한 표정으로 나를 바라보았다.

"세라피나, 이런 식으로 몇 주만 더 지났더라면 죽었을 거야."

선생님의 말이 쿡쿡 쑤시는 내 머릿속을 이리저리 떠돌아다녔다.

"그게 바로 이 병이 아주 위험한 이유야. 너무 오랫동안 과소평가되고 관심 없이 간과되지. 그러다가 너무 늦어버리는 거야. 몸이 자기 스스로를 포기하는 시점을 예측할 수 없으니까. 그 시점에 이르면 더 이상 손을 쓸 수 없단다. 내 말 알아듣겠니?"

귓속에서 천둥소리가 났다. 엄마는 어디 있지? 아버지는? 집에 가고 싶었다. 음악을 듣고, 책을 읽고, 텔레비전을 보고 싶었다.

"그러면 어떻게 되는지 알아?"

의사 선생님이 물었다. 환하고 따뜻한 햇살이 병실을 비추었다.

나는 아무 말도 하지 않고 입을 꾹 다문 채 앞만 노려보았다.

"굶어 죽는단다."

웃기는 소리 좀 하지 마세요. 아프리카도 아니고 여기서 누가 굶어 죽는다고. 하지만 나는 아무 대꾸도 하지 않았다.

대답 대신 그냥 천천히 몸을 반대쪽으로 돌렸다. 혼자 있고 싶었다. 말도 안 되는 소리는 듣고 싶지 않았다. 코에 들어 있는 관이 당겨서 아팠다.

"네 체중을 쟀어."

의사 선생님이 의자를 가지고 와서 내 침대 옆에 앉았다.

"넌 지금 37.5킬로그램이야. 세라피나, 이건 너무 위험해."

그는 내 코에 들어 있는 관을 가리켰다.

"이 관이 뭔가 궁금했겠지?"

나는 대답하지 않았다.

"관을 꽂아 영양을 공급하는 거야."

내 침묵에도 불구하고 의사 선생님은 말을 이어갔다.

"이 액체로 들어가는 것이 네 몸을 살리고 있는 거야. 무슨 말인지 알겠니?"

너무 놀라 현기증이 일었다. 내가 지금 강제로 영양을 공급받고 있다고?

"난…… 나는…… 난 그거 싫어요."

중얼거리듯 말했다. 심장박동이 엄청나게 빨라졌다.

"차라리 죽는 게 낫다고 생각하니?"

의사 선생님이 이렇게 묻고는 내 팔에 손을 얹었다. 나는 그 손을 뿌리쳤다.

"의식을 잃은 널 진찰하는 동안, 네 부모님이 다녀가셨어. 인공적인 영양공급에 곧장 동의하셨단다. 네 엄마는 지난 몇 주, 아니 몇 달 동안 너에게 어떤 문제가 있었는지 이야기했어. 그리고 네가 뭘 먹었는지 적어놓은 노트를 읽었고, 설사약이 들어 있는 약통도 발견했다고 하셨어."

또 어지러웠다. 머릿속에서 모든 것이 거대하고 어지러운 혼돈의 회전목마로 변해 흐릿해졌다. 아무것도 이해할 수 없었고, 아무 생각도 할 수 없었다.

엄마가 내 일기를 읽었다고? 내 방을 뒤졌다고? 왜, 왜, 왜?

"난…… 나는……."

더듬거리며 말을 시작했지만, 울음만 나왔다. 하지만 제대로 울 수도 없었다. 아기처럼 훌쩍거리는 소리가 내 귀에 들려왔다.

"세라피나, 몸에 솜털이 늘어나는 거 알아챘어?"

선생님이 훌쩍거리는 나에게 물었다. 이 사람은 왜 안 나가지? 왜 나를 혼자 내버려두지 않는 거야? 아무 말도 듣기 싫어. 혼자 있고 싶어.

"이런 솜털을 '취모'라고 한단다. 예전에도 한 번 난 적이 있어. 알고 있었니?"

나는 울음을 꾹 눌러 참으며, 이불 아래서 주먹을 꼭 쥐고 뻣뻣하게 누워 있었다.

이게 웬 말도 안 되는 소리야? 시간이 조금 지나자, 얼굴과 겨드랑이에 이상한 솜털이 났던 게 생각났다. 몇 년 전의 일처럼 느껴졌다. 하지만 그건 모두 면도하지 않았던가? 혹시 꿈을 꾸었던 걸까?

"세라피나, 이걸 봐."

그러면서 지모나이트 선생님은 이불을 걷더니, 내가 입은 얇은 잠옷을 배 위로 걷어 올렸다. 믿을 수가 없었다! 옅은 색의 부드러운 솜털이, 배꼽 주위에서 작은 소용돌이 모양으로 자라고 있었다. 동물 털처럼 보였다. 갓 태어난 생쥐나 햄스터의 털처럼 복슬복슬하고 부드러운 털.

"이게…… 이게 뭐예요?"

깜짝 놀라 나지막하게 부르짖고는 얼른 다시 이불을 덮었다.

"이 솜털은 원래 엄마 배 속에 있는 태아들에게만 자라는 거야. 엄마 배 속에 있은 지 육 개월이나 칠 개월쯤 되면 모두 없어지지. 그런데 중증 거식증에 걸린 사람은 호르몬 수치가 아주 엉망이 되어, 태아 때의 솜털이 다시 나타난단다."

병실이 갑자기 조용해졌다.

"네 육체가 이 세상에서 완전히 사라지겠다고 작정이라도 한 듯이, 성장 상태를 거꾸로 돌려놓는다는 얘기야."

"아니에요. 난 그냥 날씬해지려고 했어요."

나는 힘겹게 대꾸했다. 한 마디 한 마디 발음하기가 모두 힘에 부쳤다.

"어쨌든 살고는 싶은 거지?"

그 말에는 대답하지 않았다.

시간이 흘러갔다. 그저 잠만 자고 싶었다. 난 결국 싸움을 포기했다. 코에 들어 있는 관을 세 번이나 잡아 빼기도 했다.

끔찍하게 아팠지만, 그런 건 아무렇지도 않았다. 관 때문에 배가 부르고 뚱뚱해질 테니까. 구역질나고 부풀어 오르는 느낌이었다.

"난 다시 뚱뚱해지지 않을 거예요!"

침대를 정리하거나 음식을 가져다주는 뚱뚱한 간호사에게 화를 내며 말했다.

"넌 지금 뚱뚱한 것과는 너무 거리가 멀어."

간호사가 대답했다. 그 간호사의 이름은 린이었다. 린 간호사가 감자 퓌레와 버터에 볶은 야채가 담긴 쟁반을 식탁에 내려놓았다.

나는 마땅찮은 표정으로 음식을 살펴보았다.

"거식증에 걸린 아이들 열 명 중에 한 명은 사망한다는 걸 알고 있니?"

린 간호사가 머리를 저으며 나를 바라보았다. 나는 아무 대답도 하지 않고 마주 바라보았다.

"지난겨울에 파울라라는 여자아이가 입원했어. 열네 살이었는데…… 결국 죽었어……."

간호사는 그 말을 남기고 병실을 나갔다.

나는 음식에 손도 대지 않았다.

영양 공급 액체가 똑똑 떨어지는 모습 때문에 거의 미칠 지경이었다. 액체는 한 번도 쉬지 않고 한없이 떨어졌다. 이 사람들이 내 몸에 도대체 뭘 쑤셔 넣는 거지?

저녁에 엄마가 병실로 막 들어서는데, 음식이 담긴 쟁반을
든 간호사도 뒤따라 들어왔다.

"세라피나, 제발 좀……."

엄마가 내 손을 잡았다.

나는 빵을 내려다보았다. 이런 빵을 먹은 지는 아주, 아주,
아주 오래 되었다.

코에는 여전히 관이 꽂혀 있었다.

"네가 제대로 먹기만 하면 관을 바로 뺄 거야."

지모나이트 선생님이 했던 말이 떠올랐다.

나는 빵에 든 치즈 조각을 조심스럽게 꺼냈다. 버터만으로
도 이미 칼로리는 충분하니까.

"세라피나, 그만두지 못해!"

엄마가 쇳소리를 내며 내 손을 놓더니, 곧장 다시 손목을
잡았다. 그런 다음 다른 손으로 빵에 치즈를 끼워 넣었다. 엄
마의 손가락이 떨리고 있었다.

"놔요!"

나는 소리를 지르며 팔을 뿌리쳤다. 내 팔꿈치에 부딪힌 쟁
반이 시끄러운 소리를 내며 바닥에 떨어졌다.

빵은 바닥으로 떨어졌고, 기름진 치즈는 깨진 접시 조각들

과 뒤섞였다. 코코아 컵도 깨졌다. 모든 것이 갈색 코코아에 잠겨버렸다.

엄마가 아무 말 없이 일어나 문 쪽으로 갔다. 엄마는 울고 있었다.

"엄마, 나도 먹으려고 해요. 하지만 먹을 수 없어요."

내가 등 뒤에 대고 나지막하게 말했지만, 엄마는 그냥 걸어 나갔다.

간호사가 들어와 바닥을 치우고 인공영양 비닐봉지를 새로 매달았다. 오트밀 한 접시도 가져왔지만 나는 손도 대지 않았다.

똑, 똑, 똑. 금속대에 걸린 소름 끼치는 투명한 액체가 가느다란 플라스틱 관으로 끊임없이 스며들었고, 거기서 다시 내 몸으로 쉴 새 없이 흘러 들어왔다.

나는 병실이 완전히 어두워질 때까지 그 끔찍한 관을 계속 노려보았다.

마리아도 왔다. 아버지도, 외할머니도, 어네스티네도. 나는 꽃과 책들, 시디플레이어, 신곡과 흘러간 노래 음반들을 선물로 받았다.

피아가 퇴원하고 다른 아이가 그 자리로 들어왔다.

나는 아주 작은 마른 빵을 힘겹게 먹었다. 가끔 과일 요구르트 몇 숟가락이나 당근 샐러드를 약간 먹기도 했다. 한번은 무척 작게 썬 참외도 한 조각 먹었다.

매일 아침 체중을 재야 했다.

"40킬로그램."

열다섯 번째 생일날, 지모나이트 선생님이 말했다.

"자, 첫 성과가 나타나는구나!"

"언제 집에 갈 수 있어요?"

내가 조심스럽게 묻자 선생님이 대답했다.

"두고 봐야지. 요즘 식사하기는 좀 어때?"

"좋아요."

나는 얼른 대답했다.

하지만 그건 사실이 아니었다. 음식을 먹기 어려웠다. 뭐든 구역질이 났고, 금방이라도 몸이 터질 것만 같았다.

언젠가 한번은 아버지 혼자 병실로 왔다.

"아이고, 바짝 마른 우리 아가씨."

아버지가 이탈리아어로 이렇게 말하며, 침대 가장자리에 조심스럽게 앉았다.

우리는 서로 얼굴을 마주 보았다.

"의사 선생님들 말로는, 섭식장애를 앓는 청소년 특수 병동에 이제 곧 침대가 하나 난다더라."

잠시 뒤에 아버지가 말을 이었다. 이번에는 독일어였다.

"우리가 그냥 이탈리아에서 살았더라면 좋았을 텐데."

나는 나지막하게 아무런 관련도 없는 말을 웅얼거렸다.

아버지가 천천히 고개를 끄덕였다.

"나도 가끔 그런 생각을 한단다."

아버지도 나만큼이나 나지막하게 말했다.

"하지만 이탈리아에서는 일자리를 구하기가 힘들어. 무슨 말인지 알겠니?"

나는 그저 어깨만 으쓱했다.

아버지가 갑자기 마리아 고모 이야기를 꺼냈다.

"겨우 열여섯 살이었어. 그러니까 너보다 한 살 더 많았지. 태어날 때부터 중증 심장병을 앓았단다. 금방 숨이 차고, 손가락도 언제나 차가웠어. 입술이 빨간색이 아니라 파랄 때도 많았지. 그리고 마리아는…… 너처럼 바짝 말라갔어. 그러다가 죽었단다."

그래, 바로 그날 우리 엄마와 아버지가 처음 만났지.

"아빠, 제노바에 사는 여자랑은 어떤 관계예요?"

나는 절대 하지 않으려던 질문을 했다.

아버지는 한참 동안 말이 없다가, 나를 바라보지 않은 채 대답했다.

"글쎄…… 나도 모르겠다."

"그 여자를 사랑하나요?"

"세라피나, 나도 모르겠어."

"엄마는요?"

"그것도 모르겠고……."

그러면서 아버지는 나를 품에 꼭 껴안았다. 나는 아버지가
솔직하게 말했다는 생각에 마음이 놓였다.

"아빠는 널 사랑해, 바짝 마른 우리 아가씨."

아버지가 병실을 나가기 전에 말했다. 이번에는 다시 이탈
리아어였다.

내 생일날 어네스티네가 문병을 왔다. 키라와 알리아도 왔다.
그날은 안개에 싸인 것처럼 지나갔다.

소보로 케이크 몇 입과 초콜릿 사탕 한 알을 먹었다. 그건
아직도 기억난다.

선물을 너무 많이 받아 병실에 더 이상 자리가 없을 정도였다.

그리고 기억나는 게 또 하나 있다. 프리츠가 안부 전하더라
는 말을 어네스티네에게서 들었다. 자기 오빠가 날씬한 검은
머리 소녀 라일라와 완전히 깨졌다는 말도 했다.

"라일라가 헤어지자고 했대."

어네스티네가 말했다.

나는 아무 대꾸도 하지 않았고, 어네스티네도 다른 말은 하
지 않았다.

모세에게서는 연락이 없었다.

며칠 뒤, 내 체중은 41킬로그램이 되었다.

"그다지 만족스러운 결과는 아니군."

지모나이트 선생님이 이마를 찡그리며, 미심쩍다는 듯한 눈길로 나를 보았다.

나는 선생님 눈길을 피해 창밖만 노려보고 있었다. 참담한 기분이었다. 이제 다시 뚱뚱해지는구나. 모든 노력이 수포로 돌아갔어. 내 배는 다시 뚱뚱하게 나올 거고, 엉덩이와 가슴도 커지겠지. 다른 사람이 안 볼 때마다 배를 쓰다듬어보았다. 벌써 물컹한 스펀지처럼 느껴졌다. 갈비뼈와 무릎도 만져보았다. 어디든 두툼하게 느껴졌다. 뚱뚱하고 구역질나는 느낌.

그런데도 음식은 계속 나왔다.

지모나이트 선생님은 '소박한 식사'라고 말했다. 반어법도 유분수지! 버터와 초콜릿 크림을 바른 빵! 생크림 요구르트! 전유 비스킷! 아스파라거스 크림수프! 게다가 인공적인 영양공급까지!

나는 날이 갈수록 점점 더 절망에 빠졌다.

서글픈 기분으로 수프를 변기에 쏟았다. 빵 조각들과 비스킷도, 멀티 비타민 주스와 설탕을 넣은 페퍼민트 차도.

그러다가 모두 들통이 났다.

"인공영양을 공급받고 계획적인 섭식을 하는데도 체중이 너무 늘지 않는구나."

어느 날 지모나이트 선생님이 말했다. 퍼붓듯이 비가 쏟아지는 날이었다.

"세라피나, 우리는 하루에 2,000칼로리를 공급하고 있어. 그 정도면 체중이 지금보다 훨씬 더 빨리 증가해야 해."

"변기에 음식 찌꺼기가 있어요."

뚱뚱한 괴물, 린 간호사가 나를 건너다보며 말했다.

그러자 지모나이트 선생님이 뭔가 이야기를 했고, 그날 회진에 함께 왔던 다른 의사선생님도 뭔가 이야기했다. 하지만 두 사람이 무슨 말을 하는지는 알 수 없었다. 내 머릿속에는 방금 지모나이트 선생님이 말한 2,000칼로리라는 말만 천둥처럼 울리고 있었다.

2,000칼로리라니! 너무 놀라서 속이 메슥거렸다. 그러니 몸이 무겁고 비대해지는 것도 당연하지! 이 사람들은 왜 이런 짓을 하지? 나를 왜 이렇게 사육하는 거야?

"세라피나, 너를 청소년 정신병동으로 옮기기로 결정했단다."

지모나이트 선생님 목소리가 갑자기 다시 귀에 들려왔다.

"부모님이 이미 모든 준비를 끝냈어. 점심때쯤 데리러 오실 거야."

믿을 수 없어! 지금 여기서 무슨 일이 벌어지는 거지? 어떻게 이런 일이 생길 수 있어? 인공영양 공급까지 받았는데, 이제 또 정신병원에 가야 한다고?

침대에 빳빳하게 누워, 평생 처음 경험하는 절망감을 느꼈다. 그래서 도망치기로 결심했다.

다시 자유로워지고 싶었고 내 일은 스스로 결정하고 싶었다.

더 이상 사육당하지 않을 거야.

그럴 바에는 차라리 죽을래.

젊은 견습 간호사가 와서 내 코에서 관을 뺐다. 한결 가볍게 숨을 쉴 수 있었다.

"한 시간쯤 뒤에 부모님이 데려가실 거야."

간호사가 이렇게 말하고 병실을 나갔다.

이제 나는 혼자였다.

두근거리는 마음으로 살그머니 옷을 갈아입고 병원을 나섰다.

이제 어떻게 해야 하지? 어디로 가야 할까? 병원 바로 앞에 버스 정류장이 있었다. 정류장에 도착한 첫 버스에 올라탔다. 사람들은 내가 도망친 걸 언제쯤 알아챌까? 그러면 무슨 일이 벌어질까? 병원에서 분명히 경찰에 알리겠지? 엄마와 아버지에게도…….

내가 탔을 때 거의 비어 있던 버스는 시간이 지나면서 승객이 점점 더 늘었다. 내 배낭에는 지갑과 휴대폰이 들어 있었다. 생일날부터 혹시 모세가 문자 메시지를 보냈는지 확인하기 위해 거의 매시간 휴대폰을 살폈다. 그러나 모세가 보낸 문자는 없었다.

버스 창문으로 햇살이 비치는데도 몸이 떨렸다.

"너 괜찮니?"

바로 앞 정류장에서 탄 맞은편의 할머니가 갑자기 물었다.

얼른 고개를 끄덕였다. 왜 물었지? 이유가 뭘까? 할머니는 나를 자꾸 바라보았다. 나는 짜증스러운 기분으로 자리에서 일어나 사람들을 헤치고 문까지 갔다. 그러고는 다음 정류장에서 얼른 내렸다. 또 어지러웠다. 천천히 걸어 힘겹게 길을 건넜다.

새들이 지저귀는 소리가 들렸다. 내 또래 아이들이 몇 미터 떨어진 곳에 서서 이야기를 나누고 있었다. 웃으며 서로 머리를 맞대고 있는 모습이 무척 즐거워 보였다. 나와는 완전히 다른 세상에 있는 아이들이었다. 나는 멍하니 그 아이들 옆을 지나갔다.

"영화 정말 좋았어."

한 여자아이가 말하자, 다른 애가 대꾸했다.

"조니 뎁이 나오는 영화는 뭐든지 좋아."

눈물이 솟구쳤다. 어디로 가야 할지 알지도 못하면서 힘겹게 계속 걸었다. 더 이상 움직이지 못할 때까지 그냥 걷고, 걷고, 또 걸었다. 그러다가 다시 버스를 탔다. 몇 번 노선을 타는지 신경도 쓰지 않았다.

종점에서 다른 버스로 갈아탔다. 시내버스가 아니라 주황색 시외버스였다. 그 버스를 타고 다시 한없이 달렸다. 배가 아팠다. 머리도, 허리도 아팠다. 아주 오랜만에 다시 허기가 느껴졌다. 코에 있던 그 끔찍한 관이 사라지니 정말 좋구나. 이제 아무도 나를 사육하지 않을 거야.

"아가씨, 종점이에요!"

어느 순간, 조바심을 치는 듯한 목소리가 들려왔다. 깜짝 놀라 잠에서 깼다. 버스가 서 있었다. 모터도 꺼져 있었다. 이가 딱딱 부딪쳤다. 나는 당황하여 자리에서 일어섰다.

버스 바깥으로 얼른 나왔다. 흘깃 보니, 버스 운전사가 나를 바라보고 있었다. 바깥은 더 추웠다. 텅 빈 버스 정류장에 그냥 서 있었다. 이제 어떻게 해야 하지? 더 이상 움직일 수 없다는 걸 깨달았다. 한 발자국도 떼지 못할 정도였다. 나는 병든 동물처럼 천천히 움직여 거리를 내려갔다. 갑자기 울음이 터졌다. 해바라기 밭 가장자리에서 발걸음을 멈추었다. 해바라기들은 아직 키가 작았다. 꽃은 몇 주 또는 몇 달 뒤에나

필터였다. 털이 많은 두툼한 줄기와 이리저리 잘 구겨지는 커다란 잎사귀들……. 나는 해바라기 밭을 따라 천천히 걸었다. 그러다가 완전히 힘이 빠져 그 자리에 쓰러졌다.

심장이 아프고 맥박이 미친 듯이 뛰었다. 이제 죽는 건가…….

갑자기 휴대폰이 울렸다. 간신히 휴대폰을 꺼내 액정 화면을 들여다보았다. 수없이 많은 전화가 와 있었다.

'엄마 휴대폰' 스무 번, '아빠 휴대폰' 수십 번, '할머니 집 전화'도 몇 번, 어네스티네도 몇 번이나 전화했다. 그런데도 나는 전화벨을 단 한 번도 듣지 못했다. 휴대폰 배터리가 거의 떨어져가고 있었다. 부재중 전화 외에 문자 메시지도 수없이 쌓여 있었다.

'엄마 메시지' 다섯 번.

'아빠 메시지' 네 번.

'어네스티네 메시지' 두 번.

하지만 나는 하나도 읽지 않았다.

그러다가 마지막 문자 메시지가 눈에 번쩍 들어왔다.

문자 메시지 목록 제일 아래쪽에 '모세 휴대폰'이라고 쓰여 있었다.

모세…….

나는 떨리는 손으로 '확인' 버튼을 눌렀다.

세라피나, 세라피나, 세라피나…….

다른 말은 없었다.

몇 번이고 다시 읽었다. 모세는 예전에도 '세라피나, 세라
피나, 세라피나' 라는 문자를 보낸 적이 있었다. 내가 프리츠
를 막 만났을 때였다. 모든 것은 그때 시작되었다. 모세가 아
일랜드에서 가지고 온 선물도 떠올랐다. 휴대폰 배터리가 깜
박였다. 이제 곧 꺼진다는 신호였다.

내 친구 모세!

나는 최대한 빨리 문자를 찍었다. 얼음처럼 차가운 손가락
이 덜덜 떨렸다.

아일랜드에서 가지고 온 선물 고마웠어. 빨간 뮤직 박스에서는
어떤 멜로디가 흘러나오지? 요즘 그 생각을 자주 했어…….

모세가 답장을 보낼까? '보내기' 를 누르며 눈물을 흘렸다.
그리고는 병든 고슴도치처럼 몸을 웅크린 채 해바라기 밭에
누워, 터질 듯한 심정으로 휴대폰을 노려보았다.

전화벨이 울렸다. 액정 화면에 '엄마 휴대폰' 이라는 글씨
가 떴다. 받지 않았다. 갑자기 부모님이 두려웠다. 정신병원

으로 가기 싫어! 더 이상 사육 당하기도 싫어! 내 일은 내가 결정할 거야. 게다가 이제 어차피 늦었어. 지모나이트 선생님이 뭐라고 했지? 거식증 때문에 죽기도 한다고, 더 이상 손을 쓸 수 없는 경우도 있다고 하지 않았던가.

이렇게 힘이 없고 비참하기는 평생 처음이었다.

휴대폰이 딩동 소리를 냈다.

액정 화면에 '모세 메시지'라는 글씨가 떴다.

비틀즈의 「헬프」가 흘러나오고 있어.

나는 힘겹게 문자를 읽었다.

세라피나, 좀 어때?

좋아, 잘 지내.

급히 답장을 보냈다.

내가 지금 왜 이런 바보 같은 대답을 하는 거지?

몇 초 뒤에 휴대폰이 다시 울렸다.

나는 잘 지내지 못해.

좋은, 참 좋은 모세!

나는 여전히 꼼짝도 하지 않고 누운 채 모세를 생각했다.

모세에게 얼마나 못되게 굴었던가…….

세라피나, 지금 어디 있어?

몇 초 뒤에 다시 문자가 왔다.

너 찾느라 온 세상이 발칵 뒤집혔어. 모두 너를 걱정하고 있어!

그 질문에는 답장을 보내지 않았다.
모세는 그래도 다시 한 번 문자를 보낼까?
몇 초 뒤에 문자가 왔다.

네 세쿼이아를 가져다줄게. **지금 어디 있어?**

내 세쿼이아…….
머릿속이 빙빙 돌았다. 몇 초 동안 아무 생각도 할 수 없었다. 그러다가 얼른 모세 전화번호를 누른 다음 속삭이듯 나지막하게 말했다.
"모세, 여기가 어딘지는 나도 몰라. 버스를 여러 번 갈아타고 왔는데, 마지막 버스는 시외버스였어. 종점에서 내렸어. 옆에 자전거 가게가 있더라. 여기서 텔레비전 송신탑이 보여. 송신탑 부근에 해바라기 밭이 있는데, 거기……."
바로 그 순간 휴대폰 배터리가 나갔다. 나지막하게 삐삐거리는 소리가 나더니 전화가 꺼져버렸다.

휴대폰을 조심스럽게 땅바닥에 내려놓았다.

서늘한 바람이 불어왔다. 살이 오른 검은 까마귀 두 마리가 머리 위를 맴돌고 있었다. 흥에 겨운 듯 소리를 질러대는 까마귀 소리에 귀를 기울였다.

모세가 왔다. 자기 아버지와 함께였다. 그러고는 나를 발견했다. 눈을 떠보니, 모세가 몸을 숙여 나를 내려다보고 있었다.

"자, 여기 네 나무!"

모세가 이렇게 말하고는 내 옆에 앉았다.

"요즘 들어 아주 많이 자랐어. 우리 이제 곧 이탈리아로 가야 할 것 같아……."

나는 간신히 몸을 일으키며 나지막하게 말했다.

"너한테 참 못되게 굴었어."

모세가 고개를 끄덕이고는 일어나는 나를 부축했다.

"걸을 수 있겠어?"

"응, 될 것 같아."

"그건 그렇고, 이쪽은 우리 아버지야."

모세가 아주 크고 아주 바짝 마른 어떤 남자를 가리켰다. 오늘 처음 보는 사람이었다. 그 사람이 바로 시를 짓는다는 모세의 아버지였다. 불행하게 끝난 연애를 많이 겪은 시인 아버지.

"세라피나, 안녕?"

모세 아버지가 미소를 지었다. 모세처럼 주근깨가 많았고, 무척 싹싹해 보였다.

나도 온 힘을 다해 미소로 화답했다.

"도대체 나를 어떻게 찾았을까?"

내가 모세와 모세 아버지 사이에서 조심스럽게 천천히 걸으며 중얼거리자, 모세 아버지가 아들을 가리키며 말했다.

"모세가 널 찾은 거야. 난 그저 운전사였고……."

"세라피나, 너희 부모님께 전화해야 해. 안 그러면 돌아버리실 테니까……. 전화해도 되지?"

모세 말에 나는 고개를 끄덕였다.

"하지만 집에 가지는 않을래. 병원에도 안 갈 거야! 어쨌든 오늘은 아직 아니야. 오늘 밤에 너희 집에서 자도 될까?"

"물론이지!"

모세가 대답한 다음, 우리 부모님께 전화했다.

"지금 세라피나가 옆에 있어요."

모세 목소리가 들렸다. 모세 아버지가 내 대신 세쿼이아를 들었다.

"우리 집에서 자도 된대."

통화가 끝난 뒤에 모세가 말했다.

"하지만 뭘 좀 먹으래."

나는 또 고개를 끄덕였다.

우리는 말없이 차에 올랐다. 낡고 검은 메르세데스 벤츠였다. 모세와 나는 뒷좌석에 앉았다. 나는 완전히 지쳐, 예전과 다름없이 독특하게 차려입은 뚱뚱한 친구에게 몸을 기댔다.

"너도 잘 지내지 못한다고 답장을 썼잖아."

내가 작게 말하자 모세가 대답했다.

"응. 난 거의 언제나 혼자야. 또 너무 많이 먹고. 학교에서는 모두 나를 바보 취급하지. 주식도 모두 내다 팔았어. 네가 보고 싶었어. 나는 너를 미친 듯이 사랑하는데, 너는 내가 아니라 같은 건물에 사는 이상한 놈을 사랑하잖아. 난 알고 있었어. 너랑 언젠가 이탈리아로 가게 되기를 내가 얼마나 기대했는데……. 어쨌든 그 계획이 이루어진다면 좋겠어. 그리고 난 어떤 식으로든 네 친구로 남을 거야. 날 사랑하지 않아도 돼. 하지만 내가 너무 많이 먹지 않게 조심시킬 수는 있지 않을까? 넌 이제 그 일은 아주 잘하잖아……."

모세가 나를 바라보며, 따뜻한 자기 손을 차가운 내 손 위에 조심스럽게 얹었다.

"그래. 네가 적게 먹도록 살펴줄게. 너는 내가 더 먹도록 도와줘."

내가 나지막하게 대답하자 모세가 고개를 끄덕이고는, 늘 보아오던 눈빛으로 나를 계속 바라보았다.

"이제 나를 다시 좋아한다고 말해줘."

모세가 목소리를 더 낮추어 말했다.

"응, 네가 좋아."

진심이었다.

"세상에, 네 손가락 가늘어진 것 좀 봐!"

모세가 중얼거리며 내 손을 쓰다듬었다.

포근한 느낌이었다.

에필로그

세라피나는 병원에서 도망친 뒤 이틀 동안 모세 집에 있었
다. 그런 다음에야 남부 독일에 있는 섭식장애 청소년 병원에
갈 마음의 준비가 되었다. 모세는 일주일 동안 세라피나와 동
행했다.

세라피나는 그곳에 석 달 동안 입원했다. 그동안은 그곳에
서 학교를 다녔다. 집단 치료에도 참가하고 상담사들과 개인
상담도 여러 번 했다.

다른 환자들과 마찬가지로, 병원에 딸려 있는 유기농 농장
에서 동물들도 돌보았다.

마지막 달에는 색소폰 연주를 다시 시작했다. 어네스티네
와 모세가 몇 번 찾아왔고, 모세는 예전처럼 수없이 많은 문
자 메시지를 보냈다.

"우리 관계는 여전히 약간 복잡해요."

세라피나가 설명한다.

"모세가 나를 좋아하는 방식과 내가 모세를 좋아하는 방식은 달라요. 모세는 내가 다른 친구들과 뭔가를 하면 금방 질투해요. 자기가 따돌림을 받는다고 생각하는 거죠."

제노바에서 태어난 아기는 정말 세라피나 아버지의 아기였다. 그래서 부모님은 현재 별거중이다.

"하지만 두 분은 여전히 사랑한대요."

세라피나가 어깨를 으쓱하며 말한다.

세라피나는 체중을 늘리기 위해 계속 노력하고 있으며, 음식 먹는 일을 다시 배우는 중이다. 거울 앞에 서서 조심스럽게 자기 몸을 살피며 "보세요, 이제 다시 너무 뚱뚱해졌어요"라고 말할 때도 가끔 있다. 하지만 지금 겨우 48킬로그램이고, 여전히 무척 많이 마른 상태다.

"먹는 게 쉽지 않아요. 어떤 날은 잘 먹는데, 또 어떤 날은 음식을 보면 구역질이 나요."

모세는 차츰 체중이 줄고 있다.

"주식 팔아서 생긴 돈으로 뭐 했어?"

언젠가 세라피나가 모세에게 물었다.

"통장에 넣었어."

모세가 대답했다.

"그때 너무 지친 상태라, 널뛰듯 하는 주식시장을 항상 살

피고 있을 기력이 없었어. 그래서 우리 이탈리아 여행을 위해 통장에 모두 넣어두었지. 통장은 너랑 나 공동 이름으로 개설했어. 그러니까 너도 나랑 똑같이 돈을 찾을 수 있어."

그 말에 세라피나는 모세에게 미소를 보냈다.

세라피나는 가끔 이탈리아의 논나에게 전화한다. 간호사들은 이제 세라피나 할머니의 귀에 수화기를 대주는 데 익숙해졌다. 세라피나는 자기 신변 이야기와 모세와 프리츠 이야기도 한다. 이탈리아가 그립다는 말도, 자기 거식증 이야기도……

모세와 세라피나는 이제 몇 주 뒤에 방학을 하면 이탈리아로 갈 예정이다. 원래 어네스티네도 같이 가고 싶어했지만, 세라피나와 모세는 둘만 가기를 원했다. 그렇지만 세라피나와 어네스티네는 이제 다시 친한 친구가 되었다.

"그건 그렇고, 프리츠 오빠에게 네가 오빠를 좋아했다는 말을 했어."

어느 날 어네스티네가 세라피나에게 말했다.

그 말에 세라피나는 너무 놀랐다.

"왜 그랬어?"

어네스티네가 어깨를 으쓱하며 대답했다.

"오빠도 어차피 알고 있었을 텐데 뭘. 그리고 둘 사이가 앞으로 어떻게 발전할지 누가 알겠어?"

그 후 세라피나는 공원에서 우연히 프리츠를 만났다. 모세와 함께 있을 때였다. 모세가 동물 보호 시설에서 데리고 온 개도 옆에 있었다.

세라피나는 깜짝 놀라 발걸음을 멈추었다.

"안녕?"

프리츠가 인사했다.

"안녕."

세라피나는 나지막하게 대답했다. 옆에 있는 모세가 불안해하는 게 느껴졌다.

그런 다음 세 사람은 함께 공원을 걸었다.

쉬운 일은 아니었다.

옮긴이의 말

열네 살 세라피나는 1미터 68센티미터의 키에 몸무게는 65 킬로그램입니다. 반 친구들이 '불도그' 나 '살덩어리' 라고 놀리고, 체육 시간에 팀을 짜서 경기를 할 때면 끼워주지 않으려 하지요. 두 살 어린 동생 마리아도, 위층으로 새로 이사 온 어네스티네도, 텔레비전에 등장하는 여자들도 모두 세라피나보다 훨씬 날씬합니다. 그래서 세라피나는 살을 빼기로 결심합니다. 원하는 만큼 체중이 줄면 식사를 다시 제대로 하겠다고 마음먹지요.

하지만 세라피나는 다이어트를 끝내지 못합니다. 날씬해지니 반 친구들이 말을 걸고 생일 파티에도 초대하는 등 자기를 상대해준다고 믿기 때문이지요. 게다가 남몰래 좋아하는 프리츠의 여자 친구가 무척 가냘픈 몸매라는 것을 알게 안 뒤로 상황은 더욱 나빠집니다.

그러나 세라피나는 변화의 필요성을 느끼지 못합니다. 노력을 기울여 나타나는 결과가 체중 감량이라는 목표와 맞으니 오히려 성취라고 믿지요. 반 친구들의 칭찬과 부러움을 받으며 이런 상태는 점점 강화됩니다. 해야 할 것과 하지 말아야 할 것들이 아주 많아지지요.

다른 고민이 있는 부모님은 세라피나의 변화를 잘 알아채지 못합니다. 나중에 사태의 심각성을 깨닫고 억지로 음식을 먹이려 하지만, 세라피나는 음식을 버리거나 감추고 설사하는 약을 먹는 등 거세게 저항합니다.

친구들과 친해지려면 살을 빼는 게 좋다고 생각하여 시작한 다이어트지만, 시간이 지나면서 친구들을 만나는 것보다 조깅이 더 중요해져서 약속도 잡지 못합니다. 잠깐 이야기하는 시간도 아까워하지요. 세라피나는 모든 것에 흥미를 잃습니다. 머릿속에는 음식과 체중 생각뿐입니다. 줄어드는 눈금을 확인해야 안심하고, 몇 백 그램만 늘어도 끔찍한 공황상태에 빠집니다. 성적도 떨어지고, 계속 춥고 떨리는 이상한 증세도 나타납니다.

그러다가 결국 공원에서 조깅을 하던 중 쓰러져 병원에 실려 갑니다. 그때 세라피나의 몸무게는 37.5킬로그램……. 그러나 걱정해주는 가족과 친구 모세, 의사 선생님과 간호사는 세라피나에게는 다이어트를 방해하는 훼방꾼이고 다시 살찌게 사육하려는 적일 뿐입니다.

거식증이 위험한 이유는, 본인뿐 아니라 주변 사람들도 이 병이 얼마나 무서운지 잘 깨닫지 못하기 때문이라고 합니다. 나중에는 손을 쓸 수 없을 만큼 늦어버리지요. 세라피나도 처음에는 "그저 몇 킬로그램만 빼려고" 했을 뿐입니다. 어느 몸무게에 도달하면 멈추겠다고 계획했지만, 만족하는 몸무게란 없었습니다. 감량 자체에 중독되어 버렸으니까요.

세라피나는 다행스럽게도 섭식장애 청소년을 위한 병원에서 전문적인 도움을 받습니다. 거식증을 아직 완전히 극복하지는 못했지만 희망이 보입니다. 주변 사람들도 이런 세라피나를 이해하려고 노력합니다.

이 책은 거식증에 관한 교과서 같은 소설입니다. 증상과 단계, 환자의 심리 상태를 사실적으로 자세히 묘사합니다. 이 병에 걸리기가 얼마나 쉬운지, 빠져나오기가 얼마나 어려운지 과장 없이 차분하게 이야기하지요.

정상 체중인데도 다이어트를 해야 한다고 말하는 사람들이 주변에 무척 많습니다. 날씬해야 한다는 압력을 받는 시대, 체중 감량 실패가 자기 통제와 절제의 실패와 동의어라고 믿는 시대에 살면서 외모보다는 내면의 가치가 중요하다고 말하면 너무 식상하고 무책임한 말일까요? 그러나 우리가 비록 '다이어트 권하는 사회'에 살고 있어도 관심을 둘 만한 분야는 체중 말고도 아주 많습니다. 병원에서 건강을 위해 체중

감량을 해야 한다는 진단을 받지 않은 한, 체중계는 멀리하는
게 어떨까요?

● 전은경

지은이 야나 프라이는 1969년 독일 뒤셀도르프에서 태어났다.
어린 시절부터 글을 쓰기 시작했으며, 18세에 독립한 이후
미국과 뉴질랜드에서 오랫동안 살았다.
문학을 공부했으며, 가정을 이루어 현재 비스바덴에서
살고 있다. 아동과 청소년 도서 40여 권을 출간했고
『아래쪽으로 비상飛上』으로 독일청소년문학상 후보에 올랐다.

옮긴이 전은경은 한양대학교 사학과를 졸업하고
독일 튀빙엔 대학교에서 고대 역사 및 고전문헌학을 공부했다.
출판편집자를 거쳐 현재 독일어 전문 번역가로
활동하고 있으며, 옮긴 책으로 『리스본행 야간열차 1 · 2』
『못된 장난』『엔젤과 크레테』『커피우유와 소보로빵』
『철학의 시작』『캐리커처로 본 여성풍속사』등이 있다.